神に愛された子 The Child Loved by God 5

鈴木カタル

Suzuki Kataru

Illustration:たく

主な登場人物

Main Characters

イピリア
大気を司る聖獣。
知識面でリーンを
補佐する。
オーウェン
剣術を得意とする少年。
紆余曲折を経てリーンの
友人となった。
リーン
善行を重ね、日本から
転生した本編の主人公。
神の祝福によって
特別な姿と力を得る。
アクリス
生物を司る聖獣。
奔放だが憎めない性格。
カルキノス
大地を司る聖獣。
食いしん坊であざとい。

アリア
テスティニア王国の教皇。
エルフ族と人族の間に
生まれた。
ゼノン
クレイモル王国の国王。
リーンを孫のように
可愛がる。

ジェンティーレ
魔法学の教師。
学園を留守にして、
極秘任務に従事中。
カールベニット
リーンの元家庭教師。
テスティニア王国から
久々に帰国する。

地球の日本で生を終え、異世界のアルペスピア王国に転生した僕——リーンオルゴット。

学園が長期休暇に入った僕は、獣人達が暮らすクレイモル王国の国王ゼノン様から、遊びにおいでと『招待状』を貰った。

アルペスピア国王である僕のお爺様を、公式に招待するのと共に、僕も一緒に来てはどうかと誘ってくれたのだ。

二つ返事で行く事を決めた僕は、お爺様に先行して早速レッツゴー。憧れの獣人姿に変身して、王城や城下町でいっぱい遊ぶ事が出来ました！

クレイモル王国は聖獣とも縁が深い国。以前イピリアが生き返らせた狼族のフェーリエさんと再会するなど、観光以外にも色んな事がありました。フェーリエさんがいつの間にか結婚していて、しかも子供まで居たのはびっくりしたなぁ。お子さんに会えなかったのは、ちょっぴり残念。

楽しい旅行だったけど、不思議な体験もした。

魔法の勉強のために王城の書庫に入ったら、セロニアスという人が書き残した本を見つけたんだ。

その本の近くには謎の生き物が居て、僕にある伝言を残した。

『禁書《きんしょ》を探せ』と。

禁書って何だろうと思って、僕は聖獣達に聞いてみた。でも、誰も知らなくて……知らないどころか、禁書の事を聞くと何故か反応がおかしくなる。

家で育てている植木によると（僕は植物と話が出来るのだ）、どうやらこの世界の古《いにしえ》の歴史が封じ込められた特別な書物で、聖獣達の失われた記憶もそこにあるらしいんだけど……謎が多過ぎるので、僕は禁書の事を暫《しばら》く自分の胸の内に隠す事にした。

そして、後から合流してきたお爺様から、『災悪《さいあく》の巫女《みこ》』と呼ばれる危険な存在が現れたらしい、という知らせを受けた。

この世界には、悪行をすると魂に〝悪〟が刻まれていって、その結果早死にしてしまう、という独特の理《ことわり》がある。

巫女の力は、この〝悪〟を無に変えてしまうと言う。つまり悪人の魂が浄化され、悪行し放題になる訳だ。

禁書に巫女――この二つの存在を同時期に知ったのは、果たして偶然なのだろうか。

頭を悩ませる僕にもう一つ、お爺様からある課題が出された。

長い時間を費《つい》やせる『長期的な目標』を作れ、と言うのだ。

旅行からの帰り道、僕は考えた。家に戻ってからも考えて考えて――ようやくそれらしいものが見つかった。

僕――リーンオルゴット・ルーナ・アルペスピアは、世界を良くしてみようと思います！

†

クレイモル王国から無事に帰って来た僕は、夕食を終え、自分の部屋に戻って来た。

夕食の時には、帰宅した時には居なかった母様と姉様にも会えた。二人は僕の「ただいま」の言葉に、優しく「おかえり」と言ってくれて、僕の心はポカポカと温かくなった。

聖獣達も一緒の夕食は賑やかなまま終わり、四日ぶりの家族の笑顔に、家に帰って来た事を実感した時間だった。やっぱり僕は家族が好きだ、聖獣を含めてね。

部屋に戻って来た僕は、勉強部屋の床に座り込み、聖獣達に夕食前に思っていた事を話してみた。

世界を良い方向に変えたいと考えた事についてだ。僕はそのために出来る事をやってみようと決めたから。そしたら……

〈それで　主はやる気に満ちていると〉

〈主のやる気は　怖いわ〉

〈主様が世界を変えようと行動ですか〉

カルキノス、アクリス、イピリアが思い思いの反応を返してきた。

「目標みたいな感じだよ。それこそお爺様が話してくれた長期的な目標ってやつだね」

お爺様は僕に、長い時間をかけて達成出来るような目標を作るべきだと言った。将来の夢ともまた異なる、遠大な目標を作れと。

この世界には何処か変な理《ことわり》が流れている。悪行を続けた人が早死にしたり、黒髪の人が嫌われちゃったりね。元異世界人の僕からすると理不尽《りふじん》で奇妙だから、そういうルールをいつか正したいと思って、それを目標にする事にした。

とは言いつつも、僕はまだ学生の身分だ。長期的どころか短期的な目標……つまり学園の課題というものがある。今は長期休暇で（夏休みと言いたいところだけど、この世界には季節が無い）、僕も含めて中等部の学生には自分の専攻科目のレポートが課せられていた。僕の場合は工学だ。

聖獣達と話す一方で、僕はその宿題を進めていた。

使うのは、クレイモル王国で手に入れた鉱石。かつて、神様は鉱石から糸を作り出していたらしい。その名残《なごり》なのか、クレイモル王国では鉱石から染め粉を作っていた。

せっかく旅行したんだし、あの国の鉱石を使って研究したい。そうカルキノスに相談したら、『変換』の魔法を使うといいよと教えてくれた。

という訳で、僕は今、魔法を使って鉱石を糸へと変換している。

鉱石から染め粉を作る時には、この『変換』という魔法を、錬成板を使って行っていた。

カルキノスが言うには、この魔法は古代魔法の一つだという。余りに古い時代の魔法のため、どういう仕組みで素材を変換しているのか解明されておらず、今は残された錬成板を使って再現するしかない。

ところで、僕はその『変換』を前世のゲームで見た事があった。一定数の「素材」を集めると、ゲームの中では錬金術……確か専用のアイテムがあったような？　とにかく、その素材を「防具」や「武器」に『変換』するゲームをやった記憶があった。だからその『変換』の魔法も、不思議というよりなるほどと思えたんだ。

僕の力の一つに、使いたい魔法を必ず使える、というものがある。

僕だって、この世界にある魔法を全て把握している訳じゃない。むしろ知らない魔法の方が多い。でも僕は、たとえ知らなくても魔法を発動させる事が出来るんだ。

大事なのは「そういう魔法がある」と信じる事。それが「僕の魔法」に一番力を与えるんだと、仮説を立てている。

聖獣によると、どうやら魔法を「使う」んじゃなくて「作っている」らしいんだけど……それはおいといて。

だから錬成板が無くても『変換』の魔法を再現出来るんじゃないか、とカルキノスに話したら、〈僕にはよく分からないけど　主に使えない魔法は無いと思うよ〉と言ってくれた。その言葉を信じて、僕は『変換』の魔法を使ったんだ。結果は手元にある糸が物語っている。

糸を取り出しながら、僕は聖獣達に目標の事を話し続ける。

イピリア、カルキノス、アクリスはそれぞれ意見を言ってくれた。

〈今更な気がしますね　もう世界は変わりつつあるように思います〉

〈変わりつつっていうよりも　変わった　と言えるんじゃないかな〉

〈ぬ？　そう……なのか？　我はそう思っていないぞ　世界は何も変わっていない〉

聖獣達の反応を見ると、二対一で既に変わってきている説が優勢？　アクリスは当てにならない。

そう、愛すべきお馬鹿さんなところがあるからね……

「変わってるのかな？」

〈変えている本人が分かっていないの？〉

「えっと、これから変えていこうって話なんだけど」

あ、れー？

カルキノスが糸を丸めながら溜め息をついた。イピリアが翼でカルキノスの背中をトントンと叩いている。とことこと僕の前に歩いてきたイピリアは、僕を見上げながら話し出した（その行動が可愛くてキュンとなった）。

〈良いですか主様　世界は変わりました　主様がこの世界に生まれてきた時に変わったのだと推測します　一つ　主様は世界の理《ことわり》から外れた存在　今までそのような御方《おかた》が生まれた事はありませんでした〉

「うん？　そう、なの？」

〈二つ　聖獣を眷属《けんぞく》にした　これはアクリスの功績と言っても良いでしょうね　神の作りし存在を

変えました　勿論これを出来る御方も存在しませんでした　人と関わらないように生きていた　私達の心も変えてくださいました〉

　イピリアの話を聞いていたアクリスは、むっふーと鼻息が荒くなった。またドヤ顔でもするんだろうな。そんなに鼻息荒いと、せっかくの決め顔も台無しなんだけど。

〈我のおかげだな　我が主にイピリアの事を話したからだ　我を褒めても良いのだぞ〉

「うんうん、ありがとうねアクリス」

　そう言いながら、僕はアクリスににーっこりと心を込めて微笑んだ。君のお陰で、精神世界に呼ばれて死にそうになった事、思い出したよ。本当にありがとう。

〈主は褒めたのに　我の毛が逆立った　何故だ……〉

　アクリスは膨らんだ自分の尻尾に驚きながら、イピリアとカルキノスを交互に見ている。二人は何もしていないよ。僕の笑顔で毛が逆立つなんてひどいなー？　なんちゃって。

〈続けますよ！　三つ　国王が自国から離れた　国王は民のために存在しています　その国王が自国から出るなど　今までに無かった事です〉

「そう、それ！　変だよね」

　どうしてお爺様は他の国に行った事が無いの？

　これは僕が小さい時にお爺様に言った言葉だ。お爺様は大きく目を開けてから、責務が……ワシは国王じゃし……危険だと書物にも……と、しどろもどろに答えていたよ。普段はかくしゃくとしたあのお爺様が、だ。

危険だから出てはいけない——と無意識に思い込んでいるみたいだった。その時、僕は直感でそういう「呪い」にかかっているようだ、と思った。

この世界では国王同士は対面せず、外交官が他国へ赴き、相手国の王と会うのだ。この前の戦争後の会議では、サルエロ王国を除く三ヶ国の王が顔を合わせたけど、あれが史上初めての首脳会談だった。今でも、普段は外交官が行き来している。

〈自国から出るなど　危険しかないからです　人は欲望に心が負けますから　自らが王になりたいと思う者が現れ　命を狙われるかもしれません　だから自国から出る王は居なかったのでしょう〉

「でも、自分で他の国を見るのと、外交官から話を聞くだけだとだいぶ違うよね。そういうデメリットとは関係無く、自国から出る事は駄目だと思い込んでいたんじゃないかなー？　僕が聞いた時にお爺様も困っていたし」

〈実際に危険だったじゃないですか　クレイモル王国に来る途中で　牛車《ぎっしゃ》が襲われたと言っていましたから〉

「でも、お爺様もロダンさんも大丈夫だったよね？　あれだけ強いのに襲撃を怖がるなんてやっぱり変だよ。しかーも、三ヶ国会議の時には、ゼノン様と教皇様だってこの国に安全に来られたし」

教皇様というのはテステニア王国を治めている人の事だ。

僕の言葉に、イピリアは〈確かに〉と、呟いて考え込んでしまった。答えが見つからなかったのか、首を大きく振ると、他の事を話し出した。

〈四つ　争う事しかしなかった国が　手を取り合うようになりました　特にビースト族に大きな影響を与えました〉

「いい傾向だよね！　人と人は、手を取り合う方がいい方向に進めるよ」

〈それも全て、元は主様でしょうに……〉

「そう……なの？　なんで！」

僕は関わっていない気がするんだけど？　そう考えていたら、カルキノスが僕を呼んだ。

〈主　もう糸たくさんだよ？　まだ作るの？〉

「えっ」

カルキノスに言われて、自分がやっていた作業を思い出した！

パッとカルキノスの方を見たら、こんもりと丸まった糸の塊《かたまり》が何個もあった。喋《しゃべ》っている内に、どうやら糸を作り過ぎてしまったようだ。

僕は、何かをしながらの所謂《いわゆる》「ながら作業」には向いていないと知った。

「作り過ぎちゃった……」

〈我が転がして遊んでやろう！〉

〈待って　僕もやる〉

丸まっている糸の塊を上手に転がしているアクリスを見ながら、イピリアは僕にこう言った。

〈主様に関わった方達は　良い方に変わっています　人が変われば　世界は変わるのですよ　それだけで十分な変化です　それに　変えようと思って行動しようというのは　主様には向いていないでしょう　ほっほっほ〉

「！」

笑っているけど、イピリアにしては厳しめな言葉だ。

この世界は、神様が作った世界だから。ひょっとすると、イピリアは変わる事が嫌なのかな？　とにかく、少しは変わってきているんだと、僕も思う事にした。魂の事や、他にも僕の心にモヤッとした疑問は残ったままだけど。

鉱石から糸を作り出した日の夜。

聖獣達と一緒にベッドに入った僕は、眠りに就くまで皆に気になった事を聞いてみた。

「皆は夢とか、やってみたい事とかってある？」

ずっと一緒に居たいけど、聖獣達には自由でいて欲しい。僕に付き合って色々な事をしているけど、何か望みは無いのだろうか？

出来る事ならば、それぞれの好きな事を沢山して欲しいと思う。そう思ったから聞いてみたんだけど、なんと皆固まってしまった。何故だ……

「どんな事でもいいんだよ？　例えばカルキノスだったら、美味しいものを食べる旅に行ってみたい！　とかさ」

美味しいものと聞いて、隣で寝ているカルキノスの顔がぱあっと明るくなった。口をもごもごさせながら、〈美味しいもの食べたい〉と呟いた。余りに可愛くて抱き寄せちゃったよ。

アクリスは枕の横に丸まっていて、イピリアは僕の腰の辺りに身を寄せている。

「皆はー？」

〈我等には役目がある〉

口を開いたのはアクリスだ。彼ら三匹には生き物や大地、大気を司《つかさど》る使命がある。

「役目があったら他の事が出来ないって訳じゃないでしょ？」

〈我は役目があるから　やりたい事が出来ない〉

「え。アクリスにはやってみたい事があったの？」

〈我にもあるわ！　我はな　ダンジョンに入ってみたいのだ　ダンジョンで無双《むそう》とやらをやってみたい！〉

「入ればいいじゃんか。魔物を瞬殺してきなよ」

アクリスの事だから、ダンジョンにはもう入った事があると思ってたよ？

前に、魔物の氾濫《スタンピード》を抑える事が出来るって聞いたから、ダンジョンの事も知っているのかと思っていたんだけど、アクリスはむすっと不《ふ》貞《て》腐《くさ》れた。

〈無理なのだ　我がダンジョンの中に入っている間は　我の存在が認知されない〉

「……どゆこと？」

〈主様　ダンジョンは魔物なのですよ〉

「えええええ？」

衝撃の事実に僕は驚いた。ちょっと詳しくお願いします、イピリア先生！

〈畏《かしこ》まりました　では――〉

イピリアの説明では、この世界のダンジョンとは「迷宮種《めいきゅうしゅ》」という種族の魔物らしい。

その魔物がある日、森の中や鉱石を採掘出来る山などに居座り、それがダンジョンとなる。ダンジョンの内部は成長によって広くなっていくようだ。

迷宮種自体に攻撃の手段は無く、体内に魔物を召喚している。召喚された魔物はそこで生活するらしい。僕の知っているダンジョンとは違うから、なかなか理解出来なかった。

この世界のダンジョンの入り口とは魔物の口の事で、体内が迷宮と呼ばれている。作りだけ聞けば、まさにダンジョンだけど。

ダンジョンの核は魔物の心臓で、破壊すればそのダンジョンは死ぬ。破壊されなければ、そのまずっとその場所に居る場合もあるとか。

ダンジョンの内部に居る召喚された魔物は、倒せば死体は残る。ただし、時間が経過すればダンジョンに取り込まれてしまう。要はお腹の中で魔物を飼っていて、死ねばそれを栄養とするのだ。

人間がお腹の中でご飯を消化するのと同じだね。

「ダンジョンは……魔物」

〈稀《まれ》に遺跡に居座るダンジョンも居ますので　遺跡探索をする際は十分に気を付けた方がいいでしょうね〉

〈ふん　ダンジョンは魔物だから　外からでもある程度は内部を把握出来る　だがな　役目のある我が中に入る事は無いのだ　見てみたいものだ〉

アクリスは言葉足らずなので詳しく聞くと、ダンジョンの中に入ると誰にも感知されなくなるらしく、生き物の頂点であるアクリスの存在が消えたとなると、魔物達が暴走してしまうため、アクリスは内部に入る事は出来ないという事だった。

「ダンジョンの中で普通に魔物は生きていけるの？　それに体内の魔物が生きている間は、ダンジョンにご飯は無いじゃないか」

〈魔物は生きていけますよ　ダンジョンの中から外に出る事も出来ますし　外の魔物が中に入る事も出来ます　それに――〉

中の魔物が生きている間は、魔物の食べかすや排泄物《はいせつぶつ》などがダンジョンの栄養になっているんだとか。聞かなければ良かった……

それにしても驚きだ。魔素《まそ》みたいなものがあるとか、それこそ遺跡が廃墟化《はいきょか》して……とかから生まれるんじゃないんだね、この世界のダンジョンって。

「もうダンジョン探索って響きに、わくわく出来なくなりそうだ……」

〈我等がダンジョンに入る事は無いだろうな〉

「聖獣の役目かぁ」

〈ほっほっほ　仕方の無い事です〉

いや、本当に仕方の無い事なのかな。確かに聖獣には役目があるけれど、仕方が無いって諦めていいのかな。役目が無ければ、もっと自由に生きられるのに。

「じゃあ、取り敢えず今は役目が無いものとして、やってみたい事発表の続きをしよう！　アクリスはダンジョン探索で、イピリアはー？」

〈私は学園の教師になってみたいです　私の知っている事を誰かに教える　そんな生活に少し憧れます〉

「イピリアっぽいと言えばイピリアっぽいけど、人と関わる道を選んだ事が意外だね」

前は人と関わる事が嫌で寝て過ごしていたって言っていたから。教師だと完全に逆の生活じゃんか。

〈主様が色々と聞いてくださるので　教える　という事が楽しい事だと知りました　それに学園で色々な人の子を見ましたから　私が教師だったらどう伝えようか　と考えた事もありますよ　ほっほっほ〉

「そっかー……ふふふ。そっかそっかー」

ちょっと嬉しい言葉だった。僕と一緒に過ごして、沢山の人を見てきてそう言ってくれたんだなって思ったから。イピリア先生って呼んで僕もお世話になっているし、適任だね！

「カルキノスは？」

〈僕は主と一緒なら　美味しいものを食べる旅でいいよ〉

「僕と一緒に、なの？」

〈駄目なの？〉

腕の中に居るカルキノスがつぶらな瞳で僕を見上げてきた。相変わらずちょっとあざといんだけども！　駄目な訳ないじゃないか、こんちくしょう……

「駄目なんて言わないよ～」

〈くふくふ〉

「あ～可愛い。皆可愛い……皆と、ずーっと一緒だよ」

この子達は聖獣として役目を担っている。でも、僕は役目を担っていてもいなくても、聖獣じゃなくてもいいんだって伝えたい。

僕は、側に居て楽しそうにしている君達を……ずっと見ていたいんだ。

体に感じる聖獣達の温もりにそんな事を考えながら、僕は眠ってしまった。

その日見た夢は――僕と聖獣達で冒険をしながら、笑い合って美味しいものを沢山食べる。そんな夢だった気がする。

目が覚めたら皆離れた場所に寝ていて、広いベッドで良かったと思った。

寝る前はあんなにくっついていたのに、寝相《ねぞう》が自由過ぎる子達だよ。

今日は、昨日作った糸を服屋さんに持って行く事にした。せっかく糸を作ったんだから、それを使って何か成果物を作りたかったんだ。

カルキノスとイピリアはお留守番で、一緒に行くのはアクリスだ。

アクリスは領内の警邏《けいら》をした事があるから、その存在を知っている人は多い。大きな姿も小さな姿も、ルーナ領の人達に見られている訳だ。なので、堂々と連れ歩ける。

他の二匹は、僕の家と学園、お爺様のお城ぐらいでしか姿を見せていない。召喚獣と一緒に暮らしている事自体は隠していないので、噂にはなってると思う。皆、聖獣だと気付いてないけど。アクリスだけは、色々あって聖獣である事まで認知されている。とはいえ、聖獣アクリスと、僕が召喚獣と称している内の一匹が同じだとは分からないはずだ。今でこそ姿を知られているけど、その前はアクリスだって街に連れて行った事は無いんだから。

普段の僕らを知ってる学園の生徒に見つかったら厄介《やっかい》だけど、その時は誤魔化《ごまか》すつもりです、はい。

今日の僕は変装をせずに、リーンオルゴットのままで服屋さんに行く。

アクリスを連れて行くなら、もう一つの姿であるスピアとして行くよりも、僕のままの方が良いからね。アクリスは領内の警邏を僕の姉様と組んでやっていたから、領主一家とアクリスが一緒に居ても不自然じゃない。

糸を持って行く服屋さんは、僕の家族がよく利用している店だ。既製品を家に持って来てくれたり、採寸《さいすん》して新しく仕立ててくれたりしている服屋さん。

僕の服はというと……僕は服に興味が無いから、母様や姉様にいつもお任せしている。だから、服屋さんとは余り顔を合わせた記憶が無い。確か、採寸も姉様がしてくれたっけ。

大事になったら困るから、顔がハッキリと見えないように、一応フードを目深《まぶか》にかぶった。アクリスは僕の頭の上に乗って道案内をしてくれている。警邏をしていた時に店の場所を覚えたらしい。

〈そこの大通りから三つ目の角を曲がる〉

「はーい」

商店の多い通りを過ぎ、三つ目の角で曲がりそのまま進んでいく。

この通りは高級店が多く、僕は来た事が無い。人通りもそんなに多くなく、二、三人としかすれ違わなかった。

店の看板が目に入り、アクリスにここでいいのかと確認した。

「ここかな？」

〈そうだ　この店が主の家族が贔屓《ひいき》にしている店だ〉

「ふーん」

大きな扉についている取っ手を掴み、そっと押してみた。鈴の音のような「ちりんちりん」という音が鳴り、扉は開いた。

中に入ると店のものなのか、嗅《か》いだ事の無い匂いがした。花の匂いにしては強過ぎて、香水の方が近い香りだ。姉様も母様もそんな匂いはしないから、この世界に香水なんて無いだろうけど。

店の中には既製の服が飾られ、いくつも並べられていた。外から見た感じだと広そうだったけど、そこまでではない。

「あら……？　お客様かしら？」

左側にある階段から女の人が下りて来た。一階と二階、両方が店なのかな？

その女の人は僕を見て困惑しているようだった。きっと子供が一人で店に入って来たから、どうしたのかと思っているんだろうな。

アクリスを頭から下ろした僕は、深めにかぶっていたフードを取った。そして、僕の側に来ようとしていた女の人に顔を見せた。

「あっ！　あああなた、ねえ、あなた来てっ！　今すぐ急いで来てっ！」

僕と目が合った女の人は、僕の髪色を見てハッとした表情をした後、物凄く慌てて誰かを呼び始めた。

【主も人が悪い　あの人の子が倒れたらどうするのだ】

他の人に聞こえないように、アクリスが念話《ねんわ》で話しかけてきた。

どういう意味ですか、アクリスさん。僕はお化けかなんかですかね？

【悪戯《いたずら》ならば　可哀想《かわいそう》だわ】

僕、普通にしているだけなんだけどな。悪戯をしている訳じゃない。そもそも、そんなに驚く事なのかな？　店に客が来ただけじゃないか……

【普通の客とは言わんだろう？　領主の子なのだからな】

あれかな？　面会の予約でも入れれば良かったの？　え、わざわざ服作りのために手紙を書いて出すの？　そんなの面倒だよね、他の領地ならそうしないと駄目な所もあるんだろうけど。

「大きな声を出して、どうしたん……だっ？」

お店の奥から出てきた男の人は、女の人から僕に目を移して固まった。

僕はすかさず話しかけた。

「店主さんでしょうか？　僕は、リーンオルゴットと申します。突然の訪問で申し訳ありません、少し話がしたいのですが」

「？」

「っ？」

女の人は店主さんらしき人の肩をバンバンと叩いている。店主さんでいいんだよね？　その店主さんは目を大きくさせながら、叩かれた反動でユラユラと揺れていた。

どうしたらいいんだ……どうしたら話が出来るようになるんだ……

「あの～……」

会話にならなくて困ったから、「困っています」と分かりやすく表情に出してみた。

その時、アクリスが大きな声で〈しっかりせんかっ！〉と一喝《いっかつ》した。アクリスのお陰なのか、店主さんがハッとした表情になった。女の人は何処から声がしたのかと周りをキョロキョロと見回している。

小さいもんね、アクリス。しかも僕の足元に居るし、視界に入ってなくてもしょうがない。彷徨《さまよ》っていた女の人の視線が僕に戻って来たから、僕は自分の足元を指差した。そのまま視線は足元のアクリスに落ちていった。

「あ……ん？　はい？　じゃない、ほらあなた、二階にご案内した方が……」

「あ、あぁ。こ、こちらでお話を！」

二階は個室が何部屋かあるようだ。案内されるまま、僕は二階の部屋に。アクリスも一緒に付いて来た。

これは商談部屋なのかな？　しっかりとしたテーブルを挟んで、父様の執務室にあるようなソファーが向かい合っていた。

「そちらにどうぞ」

「ありがとうございます」

僕は店主さんに言われるままにソファーに座った。

ゆっくりとソファーに沈む僕のお尻。膝の上にアクリスが乗っかってきた。

「それで、お話がしたいとの……あの、リーンオルゴット坊ちゃまで……いや、その髪色に瞳の色も……本当に、リーンオルゴット坊ちゃまなのですね。大きくなられましたなぁ」

「あれ？　失礼ですが、僕とお会いした事が？」

「あっ、その、ヴァイラ様が抱っこされている時に一度だけ！　ですが、まだお生まれになられたばかりで、赤子でした！」

「そ、うでしたかー」

あー、びっくりした。会った事があるのに僕が忘れてたのかと思った。

それにしても赤ん坊の時か。その時と比べたらね、そりゃあ「大きくなった」と感じるだろうよ、うんうん。自分ではいつも成長が遅いと思ってるから、こういう反応をされると新鮮だな。

「本日はどのような御用で来られたのですか？」

「あー……これを見てもらいたくて」

僕はインベントリの機能がついている鞄《かばん》から、作った糸を取り出した。ポンポンとテーブルの上に載せていく。こんもりと山になったところで、この糸が何から作られているのか……そこから話し始めた。

途中、アクリスは丸めた糸を転がして遊んでたけど。

そうそう、あの女の人は店主の奥さんだった。他の従業員は店の奥で作業中だったらしい。話をし始めた時に、奥さんが紅茶を淹《い》れて持って来てくれた。そのまま一緒に話を聞いていたけど、別に聞かれて困るような内容でもないので、店主さんと奥さんの二人に聞いてもらった。

全て話し終えた頃、店主さんは糸を手に取って見てくれた。

そして僕が作りたい物を伝えると、奥さんと話し合った後で首をゆっくりと縦に振った。

奥さんからは細かなところの質問が出たので、そこも丁寧に伝える。

「〝付与〟は僕がします。僕しか出来ないかもしれませんので」

「でしたら、量産は出来ないと思いますよ？　量産出来ないのならば、価格は高くなるでしょう？」

「そうでもないんですよ。付与に時間はかからないので。どちらかと言えば、本体の製作にどのくらいかかるかで値段は変わるかと」

「確かにそうね……」

「作ってみない事には分からない、か……」

「はい。試作品が出来たら、いつでもいいので教えてください」

「分かりました！　やってみましょう」

「よろしくお願いします！」

僕は店主さんとがっちりと握手をした。そこに奥さんが加わり、三人で手を重ねた。

今までに無かった物を作る。期限は特に決めなかった。でも、二人が余りに前のめりなので、ちゃんと「急いでいませんので、仕事の合間や息抜きにやってください」と伝えた。他の仕事に支障が出るといけないからね。

作業にかかるお金や費用を聞いて、お金も渡した。きちんとした依頼だ。

「では、また後日に」

「はい！　本日は店に来て頂き、ありがとうございました！」

「いえいえ、今日は突然の訪問でしたが、丁寧に対応して頂きまして僕も感謝致します。またお会いしましょう」

にっこりと笑顔で話した後、僕は来た時と同じくフードを深くかぶった。

店主さんと奥さんが見送りに来ようとしたので、それは断り、アクリスを頭に乗せてすぐに店を出た。

〈上手くいったのだな〉

「うん。作れるって言われたから、製作を依頼したよ」

アクリスは話をほとんど聞いていなかった。まぁ、仕方無い。

「作れる」ってハッキリと言われるとは思わなかったなぁ。そこは意外だった。まあ、肝心なのは僕がやる付与だから、それ以外は大丈夫そうで安心した。

「楽しみだね～」

用事があるのは服屋さんだけだったけど、帰りは商店の並ぶ大きな通りへ行ってみた。

美味しそうな物を色々と買って、お留守番をしているイピリアとカルキノスへのお土産《みやげ》にする。

スピアに変装せずに領内をウロウロ出来る事が楽しかったし、アクリスも一緒で楽しい買い物になった。

そして帰ろうと踵《きびす》を返した時に、僕の急な方向転換のせいで、側に居た人にぶつかってしまった。

「わぁ！ すみません！」

「おっと？」

急に目の前が真っ暗になって驚いたけど、すぐに離れて怪我が無いかを聞こうとした。

相手は男の人で、僕よりも背が高い……あれ？

「だいじょ――カールベニット先生？」

「リーン様？」

ぶつかってしまった人は、懐かしい顔をしていた。

咄嗟《とっさ》に記憶にある名前を呼んで固まる僕と、僕の顔を覗き込むカールベニット先生。

テステニア王国を立て直しに旅立った、以前家庭教師をしてもらっていたカールベニット先生にぶつかってしまったようだ。

先生は僕の家に行く途中で僕と偶然会ってしまったらしく、「こんな事もあるんですね、驚きました」と言って笑った。

「お久しぶりですね、先生」

「大きくなられましたね、リーン様。色々と話はお聞きしていますよ」

久しぶりに会ったカールベニット先生は、変わらない黒い瞳をしていた。

年齢よりも老《ふ》けて見える……ごほん、落ち着いて見える、渋《しぶ》めのお顔も変わっていなかった。

僕達は一緒に帰る事にした。

「テステニア王国から帰って来たんですね」

「少し前に帰国していましたが、色々とありまして。今はアルフォンス様へ報告しに行こうと、向かっていたところです」

そう話しながら、先生は僕の頭の上に目を向ける。そこに居るアクリスを見て、困ったように微笑んだ。


カールベニット先生は家に着いてすぐに父様に会いに行った。

「また後程」と言ってくれたので、きっと僕と話をするくらいの時間はあるのだろう。

僕はアクリスと一緒に、二匹が待っている自分の部屋に向かった……念のため、カルキノスが厨《ちゅう》房《ぼう》に居ないか先に確認してから。

厨房に顔を出すと、料理長さんがカルキノスはさっき部屋に戻ったと教えてくれた。いいような悪いような……戻った事はいいんだけど、食べに来たのは良い事とは言えない。

お腹いっぱいでまたすぐに寝ちゃうんじゃないかな?

アクリスは僕のそんな考えを読み取って〈彼奴《きゃつ》はペットだな　もう聖獣とは思えんわ〉などと呟いていた。確かに言えてる。寝て、可愛がられて、食べて寝て……聖獣らしさの無いカルキノスを思い出して、僕は笑ってしまった。

アクリスとそんなやり取りをしながら、自分の部屋に帰って来た。

「ただいまー」

〈我　帰宅〉

僕達のただいまの声に、イピリアが部屋の奥から飛んで来た。

ちょうどイピリアが僕のところに来た瞬間に、アクリスは僕の頭から飛び降りた。

〈おっと〉

〈おかえりなさいませ！　主様！〉

肩に止まったイピリアは、僕の頬にピタリと身を寄せて来た。そんなイピリアの行動が可愛いなぁと撫でながら思う。

「ただいまぁ。お土産買ってきたんだよー」

〈我の案内でな！　褒めても良いのだぞ〉

足元に居るアクリスがそんな事を言っているけど、今のイピリアには聞こえていないと思うんだ。

案《あん》の定《じょう》、アクリスの声に反応を見せないイピリアは、僕の顔を見ながら〈お土産ですかっ　なんでしょう　わくわくします〉と綺麗《きれい》な目を輝かせて言った。

「食べ物だから、皆で食べようね。カルキノスは何処ー？」

〈我は……我を無視か〉

アクリスはイピリアの反応に不満げだ。むすっとした表情でジトッとした目をしてイピリアを見上げていた。

アクリスも、そんな顔をするんだなぁ。豊かな感情表現にそんな事を思ってしまう。しゃがみ込んだ僕は、アクリスの頭を撫でた。

「アクリス、今日は案内をしてくれてありがとうね？」

〈ふっふっふ　我が居て良かっただろう〉

「そうだね。ふふふ」

小さな体で前足を組み、鼻息を荒くして胸を張っている姿はアレだけどね……

イピリアも同じ事を思ったのか〈謙虚《けんきょ》さが足りないですよね　頭もアレなのに〉と哀れみを含んだ眼差《まなざ》しで呟いた。

「そんな目をしないで。そこも僕は好きだよ。ほら、可愛いじゃんか」

〈む？〉

両手でアクリスの頬をムニムニと引っ張ってみたら、思ったよりもよく伸びた。

引っ張ると口の端がちょっと開く。柔らかい頬だなぁ。

もがもがと言葉にならない何かを話しているアクリスを見ながら、頬の柔らかさをまじまじと観察して堪能《たんのう》した。

そんな僕にイピリアが〈真顔でそんな事を……主様　怖いですよ〉と指摘する。その言葉でハッとして、アクリスの頬から手を離した。そしたら、アクリスがパタリと倒れた。

「ごめんね、気持ちいい触り心地だったから……つい」

〈われの　ほほは　ついているか？〉

ぐでーんと体を伸ばしたアクリスが、両足で自分の頬をむにっと触っている。そんな仕草にまたきゅんとなった。

〈大丈夫ですよ　主様には快癒《かいゆ》の力がありますから　無かったら治してもらえばいいんです〉

イピリアの言葉は、「無くなっても大丈夫。主が治せるし」と聞こえなくもない。アクリスはいっそう泣きそうな表情で一生懸命に顔をムニムニしている。

〈われの？　ほほっ？　ないのかっ？〉

「あはははっ！　なんで頬が無くなるの。アクリスってば、おっかしいよ」

アクリスの動きがおかしくて、もう笑いを堪《こら》える事が出来ない。僕は盛大に笑ってしまった。

どうしたら「頬が無くなる」って考えに至るんだろう？　アクリスの思考が全く分からない。そんなところも笑えてきて、僕は久しぶりに笑い涙を流した。

どのくらい笑っていたのかは分からないけど、笑い過ぎて腹筋が辛くなった。流れた涙を拭いながら周りを見た。

「あれ？　カルキノスが居る」

部屋に入って来た時は見当たらなかったのに。いつの間にかカルキノスがアクリスの隣に座っていた。二匹は僕から少し離れた所に居る。

〈少し前に起きてきましたよ　主様の笑い声がうるさかったようです〉

「えー……だって面白かったんだもん」

ずっと僕の側に居たイピリアが、カルキノスがいつ来たのかを教えてくれた。っていうか、やっぱり寝てたんかいっ！

〈それで今　アクリスから事の経緯を聞いているところですね〉

「ぷっ！　だって、頬が無くなるって……ふふっ」

また笑いが込み上げてきてしまい、僕は大きく深呼吸をした。

話を聞き終えたカルキノスがぽてぽてと僕の所に来た。

〈主　お土産ください〉

両の前足を差し出して頂戴《ちょうだい》をする。僕は、ポカーンとなった。

「あれ？　アクリスの話はいいの？」

カルキノスは首を傾げ、そして、困ったように呟いた。

〈……よく分からなかったんだ　だって　頬が無くなるはずがないもの〉

僕はその言葉を聞いて、笑いが吹き出した。

「ぶーっ？」

真面目に話を聞いてみたら、その内容が頬が無くなるって事だもんね。僕もどうしてそう思ったのか分からないけど、同じ聖獣でも分からないんじゃ、もうしょうがないよ。

そんな分からない話を放っておいて、お土産をおねだりするあたり、カルキノスはドライだ。

君達はどうしてそんな個性豊かになったんだろうね。そんな君達と居ると、僕は困ってしまうよ。

毎日が幸せでね。

「皆でお土産を食べよう！」

〈わーい〉

〈楽しみですね〉

周りに集まった聖獣達を見ながら、インベントリからお土産を取り出した。ポツンと離れていたアクリスは、僕を不思議そうに見詰めていたけども。

お土産はちゃんとアクリスも一緒に食べた。アクリスはイピリアと何か話をしながら、僕の方をチロチロと見ていた。

食べ終わってイピリアから聞いた話に僕はまた笑った。

アクリスは僕が大笑いをしているのを見て、僕が僕ではなくなったんじゃないかと疑っていたようだ。本当に、どうしてそういう考えに行き着くんだろうか。

聖獣達は僕が大笑いをすると戸惑う。前にカルキノスも、笑う僕を見て戸惑っていた。

僕は笑うとなかなか止まらないんだ。大笑いはそんなにしないけど。

「リーン様、いらっしゃいますか？」

部屋の扉をノックする音と、カールベニット先生の声が聞こえた。僕は慌てて扉を開けた。

「先生、父様との話は終わったのですか？」

「はい。報告は終わったのですが、誕生会の贈り物を何にしようかと悩んでいまして。今回はどのような贈り物がいいか、直接聞こうと思いまして」

先生は僕の部屋に入りながら、贈り物の相談をし始めた。

「ん？　誰かの誕生会を開くのですか？」

誰の誕生日なんだろう？　こんな休みの時に誕生日なんて、パーティーは出来ないね。きっと友達は旅行とかで集まらないだろうし。僕は家族だけでいいんだけど。毎年家族がお祝いしてくれる——

ピタリと止まった僕の足。まさか、と思いながら先生を見た。

「え？　リーン様の誕生会ですよね？」

先生はキョトンとして言った。

あー……僕、自分の誕生日も忘れてしまっていたか。

と言っても、いつものように身内だけで行われるんだから、特に何も問題は無い……はず。

「父様は……何か言っていましたか？」

「リーン様が十歳になる特別な日だから、盛大に祝うべきだろうか？　と、仰りましたが……」

「嫌だあああっ！」

そんなの無理！　嫌だ！　自分が主役の催《もよお》し物は、一切お断りします！

先生の言葉を遮った気がしなくもないんだけど、余りにも嫌で思いっきり「嫌だ」と言ってしまった。

いつもと同じ、身内だけでのパーティーがいい！　あぁ、そうだ。聖獣達も居るんだし、知らない人は呼べないよ。先生もそう思いますよね？　ね？

救いを求めてカールベニット先生を見る。

先生は手で口元を覆い、肩をフルフルと震わせながら僕を見ていた。僕の視線に気が付くと軽く咳払いをして、何事もなかったかのように話し出した。

「そう仰ると思いましたので、盛大な催しは避けた方が良いでしょうと、お伝えしておきましたよ」

「良かったー……目立つのは嫌なんだ。ただでさえ、僕の見た目は目立つのに……」

「私からはそう申し上げましたが……お決めになるのはアルフォンス様なので」

「うぅ……」

確かにそうだけど、今年も身内だけのパーティーがいいんだ。っていうか、ずっとそうでいいんだけども。

「それでですね、今年はどのような贈り物が良いでしょうか？」

「あー。えっと、うーんと……」

どうしよう？　特に欲しいものが無いや。今までは本や食べ物、靴とかペン立てとかを貰ったんだよね。今回も食べ物か本かなぁ？

先生の質問に唸《うな》りながら、何か思いつかないもんかと悩む。こういう時は「何でもいい」と答えると、より困らせてしまうと僕は知っている。

何故なら、困ると分かっていて兄様にはいつもそう答えているから。アワアワと慌てながら何にしよう？　と困っている兄様を見たいから……と本人には言わないけれど、そう思ってはいる。

だって、兄様を困らせるのは楽しいんだもの。それに、一生懸命に考えてくれるから、正直それを見ているだけで僕は贈り物を貰った気がしている。弟を大切に思ってくれる、兄様の愛情という贈り物を。

でも、先生にそれをするのはちょっと違う気がするから、何か欲しいと言わなきゃならないんだ。

「聖獣達が遊べる玩具《おもちゃ》がいいです」

「確か……昨年の誕生日にアルフォンス様が贈られた、と聞きましたが」

そうだったっけ？　究極に困った時はそう答えているんだよなぁ。玩具は何個あってもいいから。

〈なんだ？　我への貢《みつ》ぎ物の話か〉

〈違いますよ　主様の生誕祭の話でしょう〉

暇になったのか、アクリスとイピリアが僕の側まで二匹仲良く話しながらやって来た。まぁ、アクリスへの貢ぎ物でもいいんだけどね。僕は欲しいと思う物が無いから。

二匹と話すために、僕はしゃがみ込んだ。

「何か欲しいものは無いかな？」

「あの、リーン様の欲しいものが知りたいのですが」

「僕は特にないんです。鉱石はお爺様から沢山頂いちゃいましたし……聖獣達が何か欲しいものがあれば、それをお願いしたいです」

僕はそう話しながら、二匹を撫でた。両手にモフモフ。

〈我は　体を使う玩具だな〉

〈私は　頭を使う玩具ですかね〉

僕に撫でられながらも、先生の方を見上げて二匹はそう言った。欲しいものが真逆な事に、ふふふと笑みが漏れた。カルキノスなら、きっと美味しいものって言うんだろうなぁ。

「そう……ですか。参考にしますね」

カールベニット先生はそう言って、ちょっとしょんぼりとしていた。僕はこの機会にと少しだけテステニア王国の話を聞いた。

ソファーに座って、二匹の聖獣を膝に乗せる。カルキノスはお土産でお腹いっぱいになって、また寝てしまった。

カールベニット先生の話では、教皇様は自ら進んで政《まつりごと》を行っているらしい。そして、教皇様を導き支える司教《しきょう》の地位に就いたのが、カールベニット先生のお爺さんだと聞いた時は驚いた。

どうしてお爺さんが司教になったのかと気になった僕は、先生にその経緯を聞いてみた。先生は困ったように眉尻を下げて「レーモンド様のお陰ですね」と言って笑った。

何故兄様の名前が？　と言いかけて思い出した。

兄様の固有魔法——『眠《ねむ》り姫《ひめ》』だ。兄様は夢の中で、自分が必要としている人間と出会う事が出来る。しかも、会った事も無い人と。今回はお爺様あたりに頼まれて、司教の適任者を探したら、たまたま先生のお爺さんを引き当てたんだろう。

僕が「兄様の魔法は凄いですよね！」と言うと、先生は僕が知っている事を聞いていなかったのか、何故魔法だと分かったのですか？　って驚いていた。

兄様本人から聞いた事（あの場合は聞き出したとも言うけど）を話したら、先生は、固有魔法というのは誰彼構わず話せるものではないので、僕が知れたのは兄様からの信頼の証だと言った。

僕は固有魔法の事を詳しく知らないので先生に聞こうと思ったら、イピリアが教えてくれた。

〈稀《まれ》にですが　個人に特別な魔法が覚醒《かくせい》する事があるんです　先祖返《せんぞがえ》りもそんなところですね〉

「そうなのですよ！　さすが聖獣様です」

カールベニット先生は嬉しそうに微笑んでイピリアを見た。イピリアはこのくらい当たり前ですって言うようなツンッとした表情をしていた。それを見た先生は頬をぽりぽりと掻いた。

先祖返りって、あの先祖返りでいいのかな？　この世界でも同じ意味で使われているのか？　聞いた方が早いか！

「先祖返りって、なあに？」

僕の質問に、カールベニット先生よりも早くイピリアが答えた。

〈両の親の特徴ではなく　それよりも遠い祖先の特徴が表れる事です〉

「そっかー。ありがとうね、イピリア」

念のために聞いてみたけど、同じ意味だったか。

イピリアを褒めながら優しく頭を撫でた。僕の膝の上に居るイピリアの顔は見えないけど、きっと嬉しそうにしているんじゃないかな。ふふふ、可愛い。

「先生が居ない間も、こうやってイピリアが僕の先生をしてくれていたんですよ。ねー？」

〈はい〉

「そう……でしたか」

「ん？　どうかしましたか？」

カールベニット先生はイピリアを見ながら、頬を引きつらせていた。

どうかしたんだろうか？　側に居るアクリスは、呆れた表情をしながら僕をチラッと見ている。

気になったけど、後で聞こうと思い、そのままにした。

その後もテステニア王国での話を聞いた。まだエルフ族とは和解が出来ていないようで、森の奥へ行かないと会う事は出来ないらしい。

テステニア王国は以前はエルフ族と交流があったのに、今では全く彼等の姿を見る事が無い。アルペスピア王国での方が会う事が多いと言っていた。

そんな話を少し聞いて、先生と別れた。

「さて、僕はちょーっと父様とお話しして来ようかな？」

〈我は玩具で遊ぶわ〉

〈私はパズルをしたいです〉

「分かった。カルキノスが起きたら、厨房には行かないように伝えてね？」

〈うむ〉

〈はい〉

二匹の返事を聞いてから、僕は父様が居る執務室へ向かった。

少し待たされたけど、父様に話す事は出来た。僕の誕生日は、僕を知っている人しか集めないで欲しいと。

領内で盛大に祝おうとしていた父様は子供のように不貞腐《ふてくさ》れた。そんな父様に構わず、僕は「いつものように家族にお祝いしてもらうのが嬉しいんです」って事と、憶測だけど「学園が始まったら友達がパーティーをしてくれるから」と伝えた。そんな話は友達の誰ともしていないけど。

父様は渋々だけど「分かった」と言ってくれた。これでまた暫くは大丈夫だろう。領内で盛大にとか、困る。ほんと、困るんです。平穏無事な毎日がいい。

不貞腐れた父様のお顔を見ながら、そう考えていた。

†

生き物の頂点に立つ我――アクリスは、イピリアに告げた。

〈イピリアよ　我はカールベニットに謝った方がいいと伝えておく〉

〈謝りませんよ　私が主様の先生です　あの人の子は既に必要無いですから〉

〈……我は　知らんぞ　我は伝えたぞ〉

〈謝る必要は無いでしょう　あのくらい主様は笑って流されますよ　ほっほっほ〉

〈我は……知らんぞ　イピリアがあの人の子に　敵意丸出しな顔を見せていたなどと　主が知ったら〉

〈大丈夫ですよ　全て主様からは見えない所でしましたから　ほっほっほ〉

主がイピリアをモフモフしていた時、主からは見えなかったのだろうが……イピリアがあの人の子を鬼の形相《ぎょうそう》で睨《にら》んでいたのを我は見た。ずーっと睨んでおったわ！

我は人の子にあのような顔をするイピリアに呆れた。

我は、知らん！　何も見ていない！

イピリアのあの顔を頭から消そうと、我は玩具に噛みついた。

†

僕は父様と会った後に部屋に帰って来た。すると、カルキノスが起きていた。

遊び疲れたのか、今度はイピリアとアクリスが寝ている。僕の腕がモフモフを求めていたのに。

寝てる二匹を起こしたら悪いと思い、カルキノスを抱っこしてソファーに座る事にした。

「誕生日パーティーに来てくれた人に、何か贈り物を渡したいと思うんだけど」

〈主が主役なのに？〉

膝の上にちょこんと乗っかっているカルキノスが、僕の顔を見ようと上目遣いで振り仰ぐ。目を合わせながら、僕はカルキノスのお腹をさわさわと撫でる。もっぷりとした毛並みに心がほわほわとしてくる。他の二匹はモフモフで、カルキノスはもっぷり。この違いがいい。

「うーん、僕が贈り物をしたらおかしいのかなぁ？」

〈僕に聞かれても　人の子の事は分からないよ？〉

「そうだよねー」

困ったなぁ。そう思いながらぎゅうっとカルキノスを抱きしめる。くふくふと笑うカルキノスのお腹がふよんと動いた。

誕生日に主役が贈り物を贈り返す。この世界ではそんな事をする人は居ない。家族の誰もしていない。

でも僕の前世の記憶の中にはそんな光景があった。来てくれてありがとう、お祝いをしてくれてありがとう……そんな感謝の気持ちを、お祝いされた方が贈り物の形で渡していた。

確か、貰った贈り物よりも安い品を贈り返す……だったんじゃなかったっけ？　あー、そこが思い出せない。とにかく、僕も何か感謝の気持ちを返したいんだ。どうしよう……

〈お腹空いた　主……〉

「もうちょっと待てば夕食だよ？」

〈……はい〉

「ぐっ！」

腕の中でしょんぼりと小さくなるカルキノスに、アイスクリームをあげそうになって何とか堪える。ふーっとカルキノスの口から出た溜め息が僕の手に当たった。

我慢するんだぞ、僕！　もうすぐ夕食だから、今食べさせちゃ駄目なんだ。

僕は耐えるようにカルキノスのお腹をわっさわっさと撫でた。大きく息を吸って、吐き出す。ちょうどカルキノスの頭に僕の息がかかって、頭部の毛がふよふよ～と動いている。

〈くすぐったい〉

「嫌だったかな？　ごめんね」

〈ううん　嫌じゃないの〉

そう言いながらフルフルと頭を横に振るカルキノス。

かっわいいなぁ！　この子何処の子？　僕の子！　最高に可愛い、僕の子！

カルキノスに癒されながら、部屋の中を見渡した。アクリスとイピリアが寝ている所には、やりかけのパズル。部屋の至る所にアクリスが使ったであろう玩具が出しっぱなしになっている。

夕食前に片付けをするかな……そんな事を考えながらボーッとしてしまい、結局夕食になるまで僕はソファーから動かなかった。

夕食を食べて部屋に戻った時には、やりかけのパズルは僕の机の上に、出ていた玩具は玩具箱の中へと片付けられていた。メイドさんが掃除をしてくれたのだろう。

申し訳ないな、と思っているのに「ありがとう」と、口からは感謝の言葉が出た。そうだよ、やっぱり皆にちゃんと「ありがとう」を伝えたい。

「うん。感謝の気持ちを贈り物にしよう！」

〈なんだ？　主よ何かするのか？〉

〈主様　どうかしたのですか？〉

椅子に座って机の上のパズルを見ていた僕の方へ、イピリアとアクリスがやって来た。

さっきの話を聞いてなかった二匹は、僕が突然そう言ったものだから、何を言っているのか分からないようだ。でも抱っこしているカルキノスはくふふと笑い声を漏らしていた。

「えっとねー……」

僕はアクリスとイピリアにも同じように話をした。カルキノスと同じで、僕がお祝いされる方なのに？　的な反応が返ってきて笑ってしまった。だから僕は「感謝はする方もされる方も心が温かくなると思うよ」と話をした。

イピリアは思い当たるところがあったのか、机の上に戻るとパズルを見ながら、〈主様に「ありがとう」と言われますと　私は心が温かくなります　なので「ありがとう」という言葉を好きになりました〉と言って翼でパズルを動かした。

話しながら器用にパズルを動かすイピリアの頭を指先で撫でていたら、カルキノスも〈僕も好き〉と呟いた。アクリスは机の上に飛び乗り〈特に思い入れの無い言葉だが　嫌な気持ちにはならんな〉と。

出会った頃は言葉を話すのが面倒だと言っていたのに、そんな風に言うようになったんだなぁ、なんて、それぞれの反応を見ながら思った。

どんどん聖獣らしくなくなっていくこの子達。僕は何故かそれを嬉しいと感じた。

「誕生会のお返しは思いついたものがあるから、今は通信の魔道具を作る事にするよ」

クレイモル王国で作った通信の魔道具。遠くの人と音声でやり取り出来る、電話のようなものだ。とても便利だけど、まだ改良の余地がある。

そして、この魔道具作りに欠かせないのが――

〈僕の出番？〉

「そうだよ、カルキノス先生。お願いしまーす」

僕の膝を踏み台にして机の上にある魔道具を取ろうとしたカルキノスは、届かない事に気が付いたようだ。小さな前足は途中で止まり、僕に目で「取って」と伝えてきた。

通信の魔道具を手渡したら、床に降りて魔法陣を展開する。僕はカルキノスと一緒に付与魔法を施した。

この改良版の通信の魔道具は、お爺様に渡す事になっている。クレイモル王国の魔道具は、ビースト族が使いやすいように作った物だから、今回はこの国に合わせてアレンジを施した。

アルペスピア王国には様々な種族が居る。その事を考えて僕とカルキノスが作った通信の魔道具は小さな箱型になった。色々と考えて作ったから、個人的には完成品なのだけれども、試作品という名目《めいもく》で、僕の誕生会に来るであろうお爺様に渡す予定だ。

カルキノスが、使ってからまた調整した方がいいと教えてくれたからね。

〈主が作った魔道具なのに普通だね〉

「僕だってやれば普通に出来るの！」

〈えー？〉

「えーって言わないで……」

〈くふくふ〉

カルキノス先生は厳しい。

僕とカルキノスのやり取りを笑いながら見ているアクリスと、翼で嘴《くちばし》を隠して笑いを堪えているイピリア。

僕はカルキノスの話を聞きながら、一生懸命頑張って古代語を使った魔法陣を展開していく。通信の魔道具を改良している間に、新しい魔法を思いついてしまったのだ。

それもカルキノスに相談する。カルキノスの反応は毎度同じで、ジトッとした眼差しで僕を見詰める。

〈その魔法を作るなら　主の父に話さないとダメだと思うよ　それが使えるようになったら大変な事になるから〉

「た、大変な事？」

〈多分〉

「えー……作るのやめようかな……でも思いついちゃったんだよなぁ」

〈相談してみるといいよ　僕もその魔法を見てみたい〉

「じゃあ、父様の時間がある時にでも、話をしてみようかなー」

話すだけ話してみよう、きっと駄目って言われると思うけど。魔法を作る時は父様に話す約束だ。いい魔法だと思うんだけどなぁ、生活魔法で使えるんじゃないかな？

〈そうだね　それでいいと思う　主　そこの古代語間違えているよ？〉

「え？　どこどこ？」

〈ここだよ　今は付与魔法に集中しようね〉

「はい！」

カルキノス先生が書いた古代語を、そのまま暗記して書き直す僕。

僕の古代語嫌いは直りそうにない。アルファベットを覚える方が簡単だよ……トホホ。


数日後、夕食を食べ終えた僕は、父様と一緒に執務室に居る。

食後に僕が「お話があります」と言うと、父様は一瞬怖いお顔になって溜め息を吐いた。その後は普通の顔に戻り、執務室で聞くから一緒に行こうと言ってくれた。

そんな訳で僕は今、父様の執務室にて、執事さんが淹れてくれた紅茶を飲んでソファーで寛《くつろ》いでいる。急ぎの仕事を終わらせてくると言って、父様が奥の部屋に行ってしまったからだ。

紅茶を飲みつつ、ぽーっとしながら魔法の事を考える。

ふと、兄様が夕食の時に疲れているように見えた事を思い出した。

テーブルの上にあった紙を手に取る。

僕は兄様の事を思い浮かべながら、父様に相談するつもりの魔法を発動させた。

『伝言蝶《でんごんちょう》』

僕の手の上にあったただの紙は、白く輝きながらぶわっと一気に蝶の形に変化した。

大きさはかなり小さい。色は白だ。

その蝶は僕の手の上から飛んで、壁を通り抜けて外へ出て行った。

飛んでいった蝶を見ながら僕は、魔力を込め過ぎたと思った。もう少し、本当に僕が何も感じないくらいじゃないと生活魔法には出来なそうだ。

もう一度やろう。紙が欲しいと執事さんに頼もうと思い、後ろを振り返った。

「え」

そこでは目が点になった執事さんが固まっていた。

僕はこの執事さんがこんな顔をするところを見た事が無い。生まれてきてから今まで一度も、だ。

これは父様に怒られそうだと思った時、執務室の扉が勢い良く開いた。

開いた扉からは、僕の名前を呼びながら兄様が現れ、僕の方へ飛んで来た。

「リーン?」

「わわわ」

飛んで来た兄様を思わず避けると、兄様はソファーの角に肩をぶつけたらしく、肩を押さえながらソファーに沈んでいった。

「ううぅ、いだい」と言いながら、恨めしそうに僕を見る。兄様の目には涙がたっぷりと溜まっていた。

敢えてその事には触れず、僕は兄様をただじっと見詰めてみた。

兄様はそんな僕に、満面の笑みを向けて一枚の紙を掲げた。肩をぶつけた事は兄様の中でも無かった事になったようだ。

「リーンの気持ちが届いたよ！」

なにそれ気持ち悪い。と、思ったのは内緒にしよう。

ちょっと兄様の言い方に不快感を覚えたけれども、兄様だから仕方が無い。うん……

「ちゃんと届いたようですねー」

「うんうん！　不思議な事にねぇ、蝶が僕の部屋に現れたと思ったら、その蝶が『父様の執務室で兄様を待っています』と可愛いリーンの声で話したんだよ？」

「ふむ……」

内容に間違いもない。僕の声が届いている。

この魔法を生活魔法に出来れば、もう少し皆が楽になれそうだ。

元はテーブルにあった紙に今にも頬擦りしそうな兄様を、そろそろ止めようか。

「兄様に使った魔法を生活魔法にしたいのですが、何かいい案はありませんか？」

「はぇ？」

「先程、兄様に魔法で『伝える』と『届ける』を試したのですが、僕がやると魔力の量がちょっと多くなるんです。なので、もう少し使用量を少なくしたいのですよ、兄様」

突然生活魔法の話をされて気の抜けた返事をした兄様は、話していく内に僕が何を言いたいのか分かったようだ。

キラキラとした目で持っていた紙を見詰め、裏表を確認し出した。

顎《あご》に指を添えて、ブツブツと何か言っている。そんな兄様を見ながら僕は話を続ける。

「その紙を魔力で包み、先程の言葉を蝶にして届けてもらいました」

「紙を使用しないと出来ない魔法なのかい？　僕が思うに、生活魔法ならば——」

そう話しながら兄様は祈る姿勢になり、何か呟く。

兄様の組まれた両手の間から、スルリと水色の蝶が出てきた。その蝶は僕が作った蝶よりもさらに小さく、ふよふよと僕の所に飛んで来た。

僕は片手を上げてその蝶が止まるのを待つ。手の平に止まった蝶は、兄様の優しい声色で言葉の続きを伝えた。

『祈るのが大切なのだよ、リーン』

そして、伝え終えた蝶は霧《きり》のようにさあっと空気に溶けて消えた。

「凄い……」

僕の悩みを兄様が一瞬で解決してしまった。しかも、僕が理想とした形で。

僕の胸に、じわじわと感動が広がっていく。

兄様は穏やかな眼差しで「今のでどうだった？」と問いかけてきた。

「兄様、凄いです！　僕が作りたかった形で完成した魔法を今、僕は見ました！」

感動の余り、僕は兄様に飛びついた。

凄い凄いと言いながら喜ぶと、兄様のお顔が崩れた。でも嬉しくて僕は止まらなかった。

兄様とキャッキャウフフと騒いでいたら、父様が険しいお顔で奥の部屋から出てきた。

「騒がしいぞ！　静かに、待てない……のか？」

僕は兄様に高い高いをされている状態で、部屋の中をくるくる回っていた。

父様はすぐに怒るのを諦め、何をしているんだ？　と、怪訝《けげん》な表情に変わった。

「キャー！　父様が怒ったー」

「あははは！　父様が怒っているねぇ」

僕は大きくなったのに、兄様は軽々と僕を持ち上げている。いくら体格差があるとはいえ、ちょっと解《げ》せない。でも、作りたかった魔法が作れて、僕のテンションは爆上がり中。

父様は頭を抱え出した。

「リーンが子供らしくて微笑ましい光景なのだが、俺はどうすればいいのだ……」

「お館《やかた》様、この後もっと困った事になると思いますので、お心の準備をした方がよろしいと思いますよ」

「何だ？　何かあったのか？」

「ええっとですね――」

執事さんが説明している横で、僕は父様を放って、兄様と喜びの舞をしていた。

その間に僕のした事も、兄様がした事も執事さんから父様にしっかり伝わり、その後僕達は……

怒られた。

兄様を巻き込んで作った僕の生活魔法の新作は『伝える』と『届ける』という名前そのままで、
その後、ルーナ領の魔法師団で実験を繰り返し、ついにお爺様に報告する事となった。

以降、『伝える』と『届ける』は様々な所で使われるようになり、この二つを合わせた魔法『伝言蝶』の使える範囲は領内が限界だと分かった。

『伝言蝶』が発生する時の色は、基本属性が作用している事も判明した。火の属性だったら赤、という感じだね。

お爺様の所でも再実験され、安全面なども問題無しとなった。

相手に届くまでは物体をも通り抜け、途中で他の人が掴もうとしても触れなかったらしい。

僕と兄様は新魔法作成を表彰《ひょうしょう》され、お爺様から作成料を貰った。僕はお金はいらなかったので、全て父様に預けた。

遠くの人に宛《あ》てたものや、大切な内容は手紙で。

近くの人へは『伝言蝶』が使われるようになった。

機能は似てるけど、通信の魔道具とは別物だ。あれは作り方が特殊だから量産には時間がかかる。

そういう高度な技術を介さない、手紙よりもちょっと優れた通信方法を先に皆に広めたかったんだ。

手紙には独自の良さがあると思っていたから、手紙と棲み分け出来そうな具合に落ち着いたのも良かった。

クレイモル王国で感じた通信の問題は、僕の中では解決へと進んだ。

†

そんなこんなで忙しかった長期休暇も、あと三日で終わる。

休みの最終日が僕の誕生日なので、三日後には誕生会だ。

アクリスが僕の部屋に入って来た。

〈服屋が来ているぞ〉

「はーい。休みの間に出来上がったんだね」

この間アクリスと一緒に行った服屋さん。今日はその服屋さんが館に来たようだ。

完成した服を入れられるように、インベントリの機能が付いた鞄を持つ。

〈主様　来客の方は応接室に居るようです〉

「うん。イピリアとカルキノスも一緒に行く？」

〈勿論です〉

〈行く〉

そう言いながら、早々と僕の肩に止まるイピリア。カルキノスは両手を上げて抱っこ待ちだ。

先にアクリスを持ち上げて僕の頭の上に乗せ、カルキノスを抱っこした。

準備完了！　なので、部屋を出て応接室に向かう事にした。

向かう途中でメイドさんに会い、来客があると伝えられた。聖獣達のお陰で来客の事は知っていたので、僕は頷いてすぐに向かった。

来客用に使われている応接室に着くと、扉を数回ノックして中に入る。

「こんにちはー？」

服屋さんの店主さんと奥さんがにこにこと楽しそうに何か話していた。が、僕が部屋の中に入ると話を止めて、慌てて立ち上がってしまった。

「そのまま座ってても良かったのに」

【そういう訳にはいかないのでしょう　主様は領主の子ですし】

【主はお得意様って奴だしな　まぁ　主の母や姉の方なのだが】

そういうものなの？　イピリアとアクリスの話を聞きながら首を傾げた。

カルキノスはぽやーっとしているだけで、何にも関心が無い様子。まぁ、いっかー。

僕がささっと二人の前に座ると、服屋さんの二人もゆっくりとソファーに座り直した。

僕の頭の上にはアクリス、肩にはイピリア、膝の上にはカルキノス。普段と変わらないのは僕だけなようで、服屋さんは二人とも視線が行ったり来たりと忙しそうだ。

前回はアクリスだけだったけど、今日は三匹ともいる。アクリスの他に召喚獣（実際は聖獣だけど）が居るとは知らなかったのかな？

「お待たせしましたー。先日依頼した品、出来上がりましたか？」

忙《せわ》しなく動く二人の視線が、ハッと僕の方に定まった。でも奥さんの方はすぐに視線が下がった。ピクリともしないカルキノスが気になるらしい。当の本人はそんな視線にも無反応だけども。多分、食べ物でも出てこない限り、動く事は無いだろう。

「本日は素晴らしい領主様の館へ――」

店主さんが堅苦しい挨拶《あいさつ》を始めたから手でそれを止めた。長くなりそうだったので、思わず頬が引きつったよ。

「そういうのは、いいんです。僕に長い挨拶は無しで！　この子達も寝ちゃうだろうから」

作法に則った受け答えなんて覚えていられないし、っていうか覚える気は無い。貴族の挨拶の仕方や身分が上の人への挨拶の仕方は本に書いてあったけど、まだ僕には必要無い。と言いますか、面倒くさい。肩がこるような話を、どうして家で聞かなきゃならないんだ！

もっと自由で、心のこもった言葉の方が僕は好きだ。

「……そうですか」

作り笑顔っぽかった店主さんの顔が、ホッとしたような、お店で見た時の穏やかな顔に変わった。きっと店主さんも慣れていないのだろう。むしろ、不慣れな店主さんに親近感を覚える。気の弱い、何処にでも居そうな普通の人だ。

あからさまにいい顔をしようとしない素朴《そぼく》さに僕もホッと出来る。それでも、頑張って挨拶をしようとしてくれたのだろう。いい人だ。

「今後も普通で、お店で会った時と同じで大丈夫です」

そう軽ーく話しながら、テーブルの上に二人分の紅茶しかない事に気が付いた。あれ？　いつもなら僕のも用意してあるのに。どうしたんだろう？

店主さんと奥さんが、僕の視線に気が付いたようでソワソワとしているが気にしない。

喉が渇《かわ》くのが嫌だから、僕は厨房から紅茶セットをテーブルの上に転移させた。そしてポットを手に取り、慣れた手つきでカップに紅茶を淹れる。

それから鞄に手を入れて、インベントリからケーキを出した。勿論、四個。僕が作り置きしたものだとは思わないだろう。

【ケーキ！】

「きゃっ！」

「っ！」

テーブルの上にケーキを出した途端にカルキノスが起動。服屋さんの二人ともめっちゃ驚いていた。奥さんの方が「人形じゃなかったのね」と呟いた。

カルキノスはすくっと立ち上がり、テーブルに両手をつけて視線はケーキに釘付けだ。僕の膝を足場にしているんだけど、僕の膝はカルキノスのお立ち台か何かなのかな……

「ほら、カルキノスは隣で食べてて」

【うん】

素直に僕の隣に行くあたり、ケーキの事しか見えてなさそうだ。フォークとケーキの載ったお皿を渡す。カルキノスの視線はケーキしか追っていなかった。食べ物に負ける主なんて、きっと僕しか居ないだろう。切ない。

そんな切なさを振り切って、服屋さんの二人と向き合う。

念話でイピリアとアクリスが、やっぱりカルキノスはペットでもう聖獣じゃないなんて話し合っているのを聞きながら。

「お二人もどうぞー。シフォンケーキって言いまして、横にあるクリームをつけて食べると美味しいですよ」

僕の勧めで恐る恐るケーキを口にした二人は、緊張が解けたのか、僕が部屋に入って来た時と同じく、楽しげに「美味しい」と食べた感想を言い合っている。

僕は紅茶を飲み、楽しそうな二人を見た。ふと両親の仲の良さを思い出し、自然と微笑んでしまう。僕の視線に気が付いたのか、二人とも少し俯《うつむ》いて照れ臭そうに苦笑いをした。

緊張も解けたようだし、依頼した品の話をしようかな。紅茶をテーブルに置き、頭の上に居たアクリスを膝に乗せた。

「先日の品はどうなりましたか？」

「はい。完成したので持って来ました」

店主さんが鞄から包みを取り出し、テーブルの端に置いた。僕はその包みをそっと手に取り、開けた。たちまち美しい服が現れる。

「うわー！　想像していたのよりも素敵ですね」

「そうでしょう？　頂いた糸を生地《きじ》に仕立てた時に、見た事も無い光沢《こうたく》が出ましたし――」

奥さんの方が生き生きと語り出した。僕はその言葉を聞きながら、念話でカルキノスに確認する。

この服に魔法の付与は可能かな？

チラリと服を見たカルキノスは、ケーキを食べながら返事をしてくれた。

【元は鉱石だから付与は可能だよ　その服なら付与出来るのは三つまでだね】

ホッとした。服に付与魔法を施せなかったら、糸を作った意味が無くなる。これで僕の考えた服が完成しそうだ。

「こらこら、お前の話は長いんだから、もうその辺でやめておきなさい。リーンオルゴット坊ちゃまも困ってしまわれるよ」

「あら？　そうかしら。だってあなた、これは服の革命なのよ？」

「でも、リーンオルゴット坊ちゃまが付与なさるまでは、ただの服と変わりないんだから」

「あぁ、付与魔法は施せそうですよ？　鉱石から作った糸だけを、きちんと使ってくれたようなので」

カルキノスのお墨付《すみつ》きだ。間違いなく、付与魔法は施せる。

「まぁまぁまぁ！　ほら、やっぱり服の革命よ、あなた！」

「それでは……私共は『成功』したという事で、間違いないでしょうか？」

嬉しそうな奥さんと、既に涙目な店主さん。

僕は満面の笑みで答えた。

「成功ですよ。ついでに『完成』まで見ていかれますか？」

「「是非とも！」」

前のめりになって即答した二人に、ふふふと笑い声が漏れてしまった。

ハッと我に返った夫妻は恥ずかしそうに腰を戻すと、見ていて分かる程ソワソワし始めた。

この二人は本当に服が好きなんだなぁ。

穏やかな気持ちのまま、僕は手にしている服に付与魔法を施した。

この服を依頼した時に考えていた、カルキノスも手伝って作った魔法。古代魔法と言われている、今この世界で使用出来る人は居ない魔法だ。

『自動調整機能』『防御機能向上』『防汚《ぼうお》』

付与を施した服は——淡く白い光を纏《まと》い、光は服に吸い込まれるように消えた。

「はい、完成ですよ！」

『自動調整機能』は着る人に合わせて丁度いい大きさに、激しい動きをしても服が破れないように調整してくれる。

『防御機能向上』とは言葉そのままの意味で、着ている人の防御力を高めてくれる。

『防汚』は汚れが付きづらく、汚れても落としやすくなる。

この古代魔法は、今も錬成板には残っている。一枚の錬成板につき、一つの魔法だ。けれども、そう簡単に使えるものではない。古代魔法の錬成板は国によって管理されているからだ。

そう、庶民や冒険者がそんな魔法が施された服を着る事は出来ない。まして、僕が製作を依頼したのは――黒い服だ。

真っ黒とは言えないが光沢があり、光の当たり方では銀色にも見える。でも、僕にとってこれは黒い服だ。黒が嫌われているこの世界で、この服を作った事に意味がある。

「完成……うぅ、こんなにも素晴らしい服を……」

「……あなた……」

え？　なんで泣いているの？

服屋の店主さんはぽろぽろと大粒の涙を流している。奥さんも、そんな店主さんを見て目をうるうるとさせていた。

【そうなりますよね　私もまさか主様がこのような服を依頼していたとは知りませんでしたが　確かに素晴らしい服が出来上がりましたから　感動しているのでしょう】

【出来るとは分かっていたが　実物を見るとこう……怖いものがあるわ】

二人は感動しているのかぁ。確かに凄い事をしたけど、そこまで服に思い入れの無い僕は感動とまではいかない。

アクリスは何が怖いのさ……僕の膝の上から服を眺めているだけでしょ。

【本当に怖いのは　この後だと思うよ】

えっ！　どゆこと？

ほんのりと目が据わっているように見えるカルキノスがそう呟いた時、部屋の扉が開いた。

「ヴァイラ、姉様……？」

部屋に入って来たのは姉様だった。

姉様のすぐ後ろにはメイドのアイラさんも居た。給仕《きゅうじ》のカートを運んでいる。そのカートの上には紅茶セットとクッキーがあった。そして、二人とも真っ直ぐ僕の隣に来た。

僕は「なるほど！」と言いながらポンッと両手を叩いた。僕の紅茶は今運ばれてきた訳だ。だから無かったのかー。納得納得。でもちょっと遅かったね？

「なるほど！　ではなくってよ、リーン。また魔法を使って、勝手に厨房から紅茶セットを移動させましたわね？　準備していたものが急に無くなる事の怖さ、リーンには分からないのかしら？」

「あわわわ……」

姉様は優雅《ゆうが》な微笑を顔に貼り付けながらも、めっちゃ怒っていた。

僕の紅茶は元々用意してあったが、僕が魔法でそれを頂戴してしまったので急に無くなり、再度用意する事になって遅くなった。という事でしたか……

テーブルの上にあった紅茶セットが、スッと新しい物に交換された。

僕は交換してくれたアイラさんに「ごめんなさい」としゅんとしながら謝った。顔を伏せながら、ちろりとアイラさんの顔を確認。

アイラさんは何も言わなかったけれども、彼女の後ろに満開に咲いた花が一瞬見えた。

「アイラはリーンに弱いのよね……仕方の無い事だけれども。リーンはもう少し周りの事を考えなくては駄目よ？」

「はい……ごめんなさい」

素直に謝る事にした。家の中なら好きに魔法を使えると思っていたのに、勝手に物を転移させるのは駄目らしい。

カルキノスはこの事を予測して、さっきの言葉を言ったのだろうか？

ちろりとカルキノスを見るが、さっきと変わらない表情だった。この事じゃないのか？

「コホン……リキャムベット服店の御二方、挨拶が遅くなってしまい申し訳ございません。アーバンさん、いつも館まで来て頂いて誠にありがとうございます。キャサリン様もお久しぶりですわ！」

わざとらしい咳をしたと思ったら、姉様は服屋さんの二人に向かって話し始めた。

僕は服屋さんのお店の名前と、二人の名前を初めて知った。

店主さんはアーバンさんで、奥さんはキャサリンさんだったのか。

姉様と奥さん……キャサリンさんは仲が良さそうだ。キャサリンさんは立ち上がって姉様と今も

「先日の服が～」って話をしているし。姉様は「様」をつけて呼んでいたけれども、どういう事ー？

服に全く興味の無い僕は、話に入れず膝の上に居るアクリスを撫で回した。今日ももふもふさんだね？

肩の上のイピリアはふわふわとした、いい羽毛さんだー。ふわふわで柔らかーい。

隣のカルキノスのお腹もさわさわと撫でる。もぷっもぷっとした良いもぷもぷさんですねー？

カルキノスの瞳は、ほんのりと仄暗《ほのぐら》かった……

現実逃避をしている訳じゃないのだけど、姉様の介入で話が全く進まなくなって、ちょっと困っているのは確かだ。

どうしたものかなぁ……

手元にある完成した服をテーブルの端に置いた。この服は、ジャケットのようなデザインだ。胸と腰の辺りにポケットもついている。

冒険者に着て欲しいと思い、この形にしてもらった。

使用した糸の元の鉱石は、黒曜石《こくようせき》とミスリル鉱石。他にも鉱石を使用して糸にしたが、この服を鑑定した結果にはこの二つが表示されている。

冒険者なら黒の服でもこの性能ならば進んで着てくれそうだし。元々黒い服を着ている人も居るしね。だからその話もしたかったんだよなぁ。

姉様とキャサリンさんの楽しそうな声を聞きながら、ふと、店主さん……アーバンさんの方を見た。

アーバンさんは困った表情でオロオロしている。

会話を止めたいんだけど、止めるタイミングが掴めない。会話が途切れたと思ったら、またすぐに別の話が始まる……で、どうしようとオロオロしているって感じだ。

アーバンさんの行動を見ていて、僕は思わずぷふっと笑ってしまう。

さっきは感動して泣いていたのに、今は奥さんの話を止めたくてオロオロと。見ている僕はちょっと楽しい。

「本当ですのっ？」

「本当ですよヴァイラ様！　リーンオルゴット坊ちゃまが付与してくれた魔法は、とても素晴らしかったのです。これから……いえ、今から服の革命が始まる事でしょう！」

「はへ？」

突然二人の会話に僕が登場したから、驚いて変な声が出ちゃったじゃないか。何の話なのー？

「本当ですの、リーン？　服が着る人に合わせてくれる……そのような魔法があるのですか？」

「自動調整機能の事？」

「あるのね？」

「わっ？」

僕の顔を覗き込んできた姉様の真剣な表情を見たら、背筋に悪寒《おかん》が走った。

姉様の表情は真剣で、目が怖い。カッと見開かれた目は血走っているような気すらする。目が怖くて……怖いからか視線を逸らす事も出来ない。

「古代の魔法の一つに、自動調整機能という魔法があってですね……」

僕は完成した服を姉様に見せながら話をした。

僕が作りたかった服、そのための付与魔法。カルキノスに教わっている古代語の話まで（服屋さんに聞かれるとまずいので、カルキノスの存在は上手く濁《にご》しながら）。

服屋さんに依頼した時よりも、もっと詳しく話をした。姉様もキャサリンさんも真剣な表情のままで、やっぱり目が怖い。

話し終えると、姉様は服を手に取ってブツブツと呟き出した。所々、鉱石から糸とか、作りは分解すればとか聞こえてくる。

「ね、姉様？　この服は僕が休み中に書いた、工学のレポートと一緒に提出する物なのですが」

分解なんてされたら困る！

この服の何がそこまで姉様を引き付けているのか分からないけれども、折角完成したのに分解なんて酷いよ。

「そう……そうなのね。分かりました。でしたら、私にも作ってもらう事は出来ないのかしら？」

「それでしたら！　まだ生地にした物が残っていますので、そちらを使用しては如何《いかが》でしょうか？」

「さすがキャサリン様ですわ。他にもあるのでしたらこの服を分解しなくて済みますし。貴重な生地ですから、きちんと私が――」

「いえいえ、私も服のためでしたらヴァイラ様が思っている――」

僕が視界に入っていない様子な女性達二人は、生地の話でまた盛り上がろうとしていた。鉱石を糸にした生地に対する熱量が半端《はんぱ》ない。二人とも全く笑っていない、真剣な顔。

「ちょっとお待ちください。キャサリン、生地の元になった糸は、リーンオルゴット坊ちゃまの物だ。お前が勝手をして良いものではない。それとヴァイラ様も、少し落ち着かれた方が良いのでは？」

アーバンさん！　僕の味方はアーバンさんだけだった！

キャサリンさんも姉様も、怖いんだもの……怖い？　ハッ！　その言葉を思い出して僕は左隣に居るカルキノスを見た。カルキノスは無言でこくりと頷いた。

この事だったのかー！　確かに怖い。姉様は普段と何かが違うし。どうしてなのかは分からないけれど、確かに何か怖い。

スッと右隣に座った姉様が、僕の背中に手を添えた。僕はいつもと違う姉様が怖くて、ビクッとしてしまった。僕の反応のせいなのか、姉様の手は一瞬離れ、また戻って来た。

「リーン……ごめんなさい。本当に、ごめんなさい」

「えっ」

恐る恐る姉様を見ると、姉様は落ち込んでいた。そして大きく息を吐き出した。

「そうでしたわ。これはリーンの物ですから。私がキャサリン様と話すのは、間違っていました。勝手をしてはいけないと咎《とが》めた私が勝手な事をして……誘惑に負けた自分が愚かだったと気が付けました。アーバンさんにも迷惑をおかけしましたわ。大変申し訳ございません」

座ったままだけど、深く深く下げられた姉様の頭。頭を元に戻すと、姉様はこちらを向いて、僕の右手をそっと握った。

「リーン、私の勝手な行動を許してくれますか？」

「えっとね、どうして姉様がこの生地にそんなにも執着しているのか教えて欲しいな、僕も理由によっては生地を渡す事も考えますし。勿論、謝罪は受け入れますよ」

「執着……」

生地に執着していると言われたのが胸に刺さったのか、姉様は見るからに落ち込んだ。鉱石から糸は沢山作れるし、そんなにも生地が欲しいのなら渡しても構わない。魔法は付与されていない生地になるけども。

「リーンが作った生地が、というよりも、付与されている魔法が重要でしたの」

「自動調整機能の事？」

「ええ。私、ピンッと閃《ひらめ》いてしまったの。その魔法を生地に付与出来るのならば……、むの」

「え？　声が急に小さくなったから、肝心なところが聞こえなかったです」

僕は姉様に近寄って、もっとちゃんと聞こえるようにと耳を澄ました。が、聞こえてきたのは蚊《か》の鳴くような声だった。

でも、ちゃんと聞こえたよ、お顔が真っ赤な姉様。まさか、下着って言葉が出てくるとは思わなかったけどね。

僕は男だから、女性の事は分からない。でも、下着の採寸は女性にとっては苦痛なものなのだろう。現に姉様は、僕の付与魔法をそれに使える！　と真っ先に思い浮かべたのだから。

姉様が言いたかったのは、下着に自動調整機能を付与出来れば、毎回採寸されなくて済むって事だ。僕は前世の記憶の中にある、テレビのＣＭで見たブラジャーを思い出した。そういう事かぁ。

この世界の衣類は、貴族だったらハンドメイドなのが当たり前、つまり、採寸されるって事だ。

僕の着ているこの服も、採寸してから作ってもらったし。下着もそういう事だね。

「下着にする生地に付与をすればいいのー？」

「リーン！　し、したぎと、そんな、声を大きくして、はしたないでしょう？」

また「下着」だけ声が小さい……

顔を赤くしながらわたわたと慌てているけど、何で？　必要なものなのでしょう？

はしたないって何が？　僕もこの世界ではパンツとは言わないが、下着は穿《は》いているよ？　皆着てるのに、はしたないなんて事ないと思うけど……

あわあわしている姉様を、僕はきょとんと見詰める。

「下着っ！　私とした事が、それに思い当たらないなんてっ！」

「お、おいおい……そのように、ハッキリと」

姉様の作りたかった物が下着だと僕がハッキリと言ったせいで、キャサリンさんにも分かったらしい。

キャサリンさんもハッキリ言っているけれども。

「ヴァイラ様、リキャムベット服店の名前をかけて、是非その下着を作らせて頂きたいです！」

「だからキャサリン、その付与も生地も、全てはリーンオルゴット坊ちゃま次第だと何度言えば分かるんだ？」

「あ、うん。作ればいいんじゃないかなー？」

「「いいのかーい！」」

サラッと許可を出したら、服屋の二人からツッコミが飛んで来た。何故だ？

「いいの、リーン？　生地が減ってしまうし、その、付与魔法だってする事になるのよ？」

「そこは姉様の努力次第じゃないかな？」

「えっ？　私？」

きょとんとしている姉様を引っ張って部屋の隅に行く。僕は腕に抱いたカルキノスににっこりと微笑みかけた。

「カルキノスー。新しい生徒だよー？　自動調整機能だけでいいから、姉様が暗記出来るまでお願いしたいなー？」

〈仕方無いなぁ　くふふ　生徒になったのなら教えないとね？　主からのお願いだし〉

そう言いながらも、嬉しそうなカルキノス。ちょっと悪い笑みが垣間見《かいまみ》えたけど、きっと大丈夫！　なはず。

姉様は小声で聞き返す。

「私が古代魔法を……付与？」

「そうだよ？　僕、男の子だから。下着の良し悪しは全く分からないもの。それとも……姉様の熱意は、そんなものなのですか？」

出来ないとは言わせないよ？　姉様が下着を作りたいって言ったのでしょう？

僕には、姉様が作りたい下着がどのようなものなのか分からないですし。

「ハッ！　私、やります。やってみせますわ！」

「姉様が出来るようになるまでは、僕が生地に付与を施すので。って事で、服屋さん達もそれでいいですか？」

夫妻に聞こえるように、少し大きめの声で聞く。

コクコクと熱心に頷いている二人を見て、下着も服屋が扱う大事な品の一つなんだなぁと改めて思った。

姉様がこんなにも服が好きだったなんて、知らなかったな。

その後は、姉様とキャサリンさんが下着の話をし始めた。姉様曰《いわ》く、最近胸が大きくなってきたから、採寸が嫌だったらしい。

盗み聞きした訳じゃないけれども、隣で話されたら聞こえるんだよ……

恥じるのならば、そこも恥じてください……

それはともかく、僕は当初の予定通り、アーバンさんと服の最終段階の話をした。

はじめに冒険者達に売る事。価格はそこまで安く出来ないが、この機能なら売れるはずだ。一着でもかなり長く使用出来るから。

持って来ていた他の服を確認して、それにも僕は付与魔法を施した。それらはほとんど服屋さんに渡す。お店で売ってもらうために。

ただ、黄色のドレスは早速姉様が買い取っていた。機能を試すために、とか言っていたけれども、きっと欲しかっただけだろう。

姉様も普段と変わらない姉様に戻ったし、魔法の新しい使い道も見つかったし、良かった良かった。

【人の子は　性別によって好みが分かれるのですね　勉強になりました】

【人の子は時に恐ろしい程興奮するのだな　何故そんなに我を失うのかが謎なのだが】

僕よりも蚊帳《かや》の外だった二匹は、服に対する女性の熱意に思うところがあった様子。

僕もね、たかが服とは言わないように気を付ける事にした。

†

今日はレクトの日。という事は、とうとう休みの最終日になってしまった。

早く学園に行きたいと思うけれども、その前にこの日を過ごさなきゃならない訳で……

僕が居るのは領主館の大広間。天井には煌《きら》びやかな装飾と、大きな看板がぶら下がっていた。

『誕生日おめでとうございます　リーンオルゴット様』

リーンオルゴット様と書かれているので、メイドさんの誰かが書いてくれたのだろう。兄様や姉様ならリーンと書くだろうし。それとも、誕生日だから敢えてリーンオルゴットにしたのかな？　なんて、普段なら気にもしないところが気になってしまうあたり、僕の脳は現実逃避しているのだろう。

大広間には身内しか居ないはずなのに、人、人、人で溢れ返っていた。

僕はここまで知り合いが多かったっけ？　いいえ、三ケ国の国王様達が居るせいです。どうして来ているんだろう、テステニアの教皇アリア様まで！

「美味しいわ。ほう、これも美味し過ぎる。妾《わらわ》が食べた事の無いものばかり……」

「……あはは……」

もう、乾いた笑いしか出ない。僕が天井を見上げて現実逃避をしてしまうのは、仕方の無い事だと思うんだ。

まさか、教皇様が僕の家に来ると、誰が想像出来ただろうか……でも僕は知っているんだ。教皇様を連れて来たのが誰なのかを。

「リーン様、もしや……これも作られたのですか？」

「そうですよ、カールベニット先生」

「凄いですね！　大変美味しいです。ささ、教皇様、次はあちらを食《しょく》してみましょうか！」

「ほうほう。妾も気になっていた」

教皇様はさっきからずーっと食べているんだけど、お腹いっぱいにならないの？

そんな僕の心配は何処吹く風で、テーブルの上に並んだ料理を片っ端から食べている。そのすぐ側には、カールベニット先生が張り付いている。

犯人はそう、カールベニット先生ぇぇぇぇ！

先生が「側から離れないようにしますので、同行者も共に参加してもいいでしょうか？」って言うから、てっきり恋人でも連れて来るものだと思って即答で許可を出したら……当日、先生の後ろに隠れていたのは教皇様だった。

しかも本人は「妾も美味しいご飯が食べられると聞いて来た！」って完全に料理目的だったし。「ご飯」って言っちゃう辺りが幼く感じられて少し和《なご》んじゃったよ。本人がそれでいいのならいいんだけど。

彼女がお爺様達と話をしていた時は、周りの皆も緊張してたのに、話している内容が「リーンの可愛らしさ」だったから――僕も皆も引いた。

そうそう、クレイモル王国からはゼノン様と宰相《さいしょう》アクィナスさんとフェーリエ夫婦がこの場に来ている。

テステニア王国からは教皇様だけ。カールベニット先生はお爺様の魔法師団に所属しているから、アルペスピア王国民扱いね。新しい司教様（つまり先生のお爺さん）は僕が会った事が無い人なので、この場には居ない。王城に居るらしい。

実はこの人達は僕の誕生会じゃなく、三ヶ国会議のために集まったらしい。こちらはついでという訳だ。

父様は一度断ったらしいけど（断るのもどうかと思うけど）、真っ赤な伝言蝶が父様の部屋に入っていくのを見たから、お爺様から直接もてなすように言われたんだと思う。お爺様の使う伝言蝶は真っ赤だから僕は覚えている。どう言われたのかは分からないけど、その後作る料理の量が増えたから許可したんだと分かった。

僕は、今回も料理長と一緒に色々作った。これが僕から皆への贈り物。父様にも報告してあるし、今回は怒られる事は無い！　僕も成長したのだ。

父様は「祝われる本人が料理を作って振る舞うのは変じゃないか？」と気にしていたが、僕が「好きに料理していいって言われる方が嬉しい」って伝えると、首を捻りながらも「好きにしなさい」と言ってくれたのだった。

まぁ、僕が作った分はほとんどカルキノスが食べているけど。

チラリと広間の一角を見ると、そこだけ家の料理長が行ったり来たりしている。カルキノスはその場所で一心不乱に食べている。

話しかけたり撫でたりしようとすると物凄く睨まれるから、僕は仕方無くその場から離れた。

食べ物に負ける主なんです……しくしく……

〈我に勝つなど　思い上がりも甚《はなは》だしいわ！〉

「ぐぅ、まだ……まだ行けますっ！」

〈ほう　少しは期待出来そうか〉

「うぐぐぐ、まだぁ！」

アクリスの言葉ってちょっと恥ずかしいよね。相手の人も小突《こづ》いてやってもいいんだよ？

あぁ。アクリスはね、家と契約している騎士団の人達と腕相撲《うでずもう》しているんだよ。大きな姿になって騎士団の人に遊んでもらっているの。僕は早々にアクリスからは離れたんだけど、どうやらまだやっていたらしい。好きなだけ遊んでもらいなさい。

騎士団の人も飽きないんだねぇ、アクリスの周りは男性騎士と女性騎士の双方で賑わっている。

アクリスが喜んでいるから、これでいいんだ。

すすっと僕はその場から立ち去る。

イピリアはフェーリエ夫婦の所で楽しそうに話をしている。僕も念願の、二人の間に生まれたもふもふな子供を抱っこした。あれは、もう……最高だった。

スピノザさんとは戦場でほんの少しだけ会った事があるけど、ほとんど初対面。可愛い兎のビースト族で、フェーリエさんの事が大好きなのが強く伝わってきた。

子供達は兎人一人と狼人二人。一言で表すと三人とももふもふ。詳しく表すと、兎人の毛はほわほわと柔らかい。狼人の毛は結構しっかりとした毛束《けたば》感があって、ごわごわ感が少しある——いい、毛でした。

撫で繰り回したけれども、ずーっときゃっきゃと笑っていたし、嬉しそうだった！

フェーリエさんのジットリとした視線なんて気にならない程、僕は幸せだった！

スピノザさんははじめ、めっちゃオロオロしていたけど、イピリアの〈主様がよくする寵愛《ちょうあい》の行動ですよ〉って言葉を聞くと、子供達を次々と僕に渡してきた。思わず笑ってしまったけど、ここぞとばかりにもふった。イピリア、最高！

僕は最後の挨拶しかする事が無いので、広間をウロウロして過ごしている。時折、教皇様とカールベニット先生に話しかけられるくらいで、珍しくお爺様が側に来ない。

お爺様はゼノン様とずっと楽しそうに話をしている。息抜きには丁度良かったのかなー？　国王様の仕事は疲れそうだから。

でも、国王様が自分の孫の誕生日に、他の国の王様を連れて来るなんて普通無いと思う。お祝いしてくれるのは嬉しいけど、コレジャナイ感が半端ない。顔を知っている人ならいいとは言ったけど、コレジャナイんだよぉ。

「リーン？　楽しんでいますか？」

「母様！」

「ふふふ。リーンはいつの間にかお友達が沢山増えていましたのね」

「母様……」

違う。違うんだよ母様……この人達は「お友達」とは違うと思う。僕の友達は学園で作った友達の事で、今日この場に居るのはお爺様の友達。だから、僕にとっては友達の友達って感じなんだけども。でも広い意味では友達と言えなくもないから、友達には変わりないのかな？　うむむ？

「リーンは余り我儘《わがまま》を言わないから、母様はたまーに……本当にリーンは存在しているの？　と、思う時があるの。でも、今日こんなにもリーンのお友達が来てくれたから、母様は安心しました」

「え？　僕、我儘な事を沢山していますよ？」

僕が存在しない？　なにそれ？

それに、結構好き勝手にしてきたと思う。我儘な方なんじゃない？

「リーンの我儘は我儘とは言わない」

「父様！」

母様の隣に立った父様は、優しい眼差しで母様を見ている。すぐにその視線は僕に下りてきた。

「リーンはあれが欲しい、これが欲しい、こうして欲しい、ああして欲しい。と言ってきた事は無いよな？」

「でも、冒険者ギルドに行きたいと父様に言って困らせましたし」

「そこもだ。父様が困る、母様が困る……と、子供なのにそれが先に来る」

「うぇ？　え？　え？」

「レーモンドの時は、剣術を教えて欲しいだの、あれが欲しいこれが欲しいだのと。ヴァイラの時も、それはそれはたくさんのものを強請《ねだ》られた。自分との時間を作って欲しいともよーく言われた。だが、リーンはどうだ？」

「気が付くと一人で何かをしていて、一人で遊んで、私達を困らせないようにと気を遣う。何か欲しいものが無いかと聞いても、自分のものは後回しにするし。聖獣様達が居てくれるから――というだけではないの。リーンは欲が無さ過ぎるのよ」

「子供らしい欲もそうだが、人としての欲も無さ過ぎる。母様が寝ているリーンを見に行ってしまうのは、ちゃんとそこに居るのか不安だったからだ。父様も、いつか居なくなってしまうのではないか？　と考える時があるくらいだ」

そう言われてみると、「欲しいものは無いか？　何でも言いなさい」と言われても特に無くて、父様が色々買って来てくれていたっけ。言わなくても貰えたから自分でお願いする事はほとんど無い。それも父様が買って来てくれるからなんだけど？

「僕、そんなにおかしい事してるのかな？」

普通ってどうなの？　僕は僕の思った通りに過ごしてきたんだけど、何か違うの？

「ふふふ。そんな困った顔をさせたくて話したのではなくってよ？」

「そうだ。責めているのではない。そんな欲の無い子だったのに、最近は人と繋がる事を好むようになって、父様達は安心している。そういう話だ」

二人に頭を撫でられて、何処か解せない気持ちは残ったけど、二人が安心しているのならそれでいいや。

「僕は我慢している事がほとんど無いんです。父様と母様からの愛情も、兄様と姉様からの愛情も、たっくさん貰っていますから。聖獣達が居て、家族皆が居る事。僕はそこに幸せを感じます。なので、日々幸せを更新しているところですよ」

ほんの少しだけど、我慢はしている。でも、それは人ならば普通の事。家族に迷惑がかかる事を我慢するのは当たり前だ（冒険者になる事も今のままでは叶わないけれど、夢は捨てない）。

大切な人達が幸せそうに笑っているのを見られれば、僕も幸せな気持ちになる。強《し》いて言うなら、僕の望みはこのままでいる事だ。

僕だって分かっている、人はやがて死ぬ事を。自分が死んで転生してきたのだから、誰よりも理解している。

それでも、願ってしまうのが人でしょう？

――ずっとこのままがいいと。

それが叶わない願いなのは当たり前で。僕も理解している。それでも、やはり願ってしまう。

僕の考えが分かっているのか、母様の瞳は何処か寂しそうだ。父様は仕方の無い子だって、表情がそう言っている。

そんな両親の後ろの方で、兄様と姉様がお爺様に怒られているところが見えた。

「あー……あいつらは」

「うふふ。成人しても、子供は子供ですのね」

父様のこめかみには怒りのマークが付いていそう。母様は笑顔なのに何処となく怖い。手のかからない子供だって居るよ、でも全く手のかからない子供は居ないよ。あれが欲しいこれが欲しいって言っていいならば、僕はこの幸せな日々が欲しいと言うよ。

お爺様と父様が睨み合いを始めた。代わりに、母様が兄様と姉様を笑顔で叱っている。

その光景を見ながら、僕はそう考えていた。

毎日当たり前にある幸せ、それは永遠ではないから。この一瞬も、宝物にしよう。

僕の誕生会は賑やかなまま終わった。最後の挨拶も、普通にお礼を伝える事が出来たよ。

僕とカルキノスの懸案事項だった通信の魔道具も、無事お爺様に渡せた。詳しい使用方法は、明日学園が終わってから王城に説明しに行く。

明日から学園だと思うと、皆に会いたくなってなかなか寝付けなかったよ。

十歳になったその日の夜から、僕に少しずつ変化が現れた。朝起きた時、体の隅々《すみずみ》まで魔力が満ちているような感覚を抱いた。

†

一ヵ月の長い休みが終わり、僕はまた学園に通い始めた。

休み前と変わらずに聖獣達も一緒に。

この一週間は授業後に残り、皆と話をしている。休みの間に自分達が何をしていたのか、それを皆で報告し合うのだ。僕は他国に行っていたとは言えず、日々色々と物を作って遊んでいた事を話した。

若干一名、聖獣達と話をして、クレイモル王国の話を聞いていたが。やはり精霊のマナに隠し事は出来そうにないね。ヴィーの膝の上に居るアクリスがほとんどの事をマナに話してしまったので、後でヴィーも知る事になるのだろう。

リアムはカルキノスを抱っこして目尻を下げていた。リアムの隣に居るノエルもナタリーも同じ顔をしている。

イーサンとノアは剣を作ったそうだ。この後に控えている剣術大会で、オーウェンくんに使ってもらえそうな剣が出来上がったと。僕も自分の事のように出来上がりを喜んだ。

そんなイーサンとノアの側には、オーウェンくんとワイアットが居る。

オーウェンくんは数日前までは、僕達が居る教室まで来たのに「女が居るのはな、ちょっと……あれだ」と真っ赤な顔をして入るのを拒んでいた。何処までも硬派《こうは》なのだ。でもヴィー達が「友達でしょ！」と一言声をかけたら、すんなりと中に入ってくれるようになった。

ヴィーやノエル、ナタリーが近くに行くと、顔を真っ赤にして固まっちゃうから、オーウェンくんの側にはワイアットと僕やイーサン、ノアが居るようにしているけど。

剣術大会はもう来週だからね。剣が出来上がって本当に良かった。

オーウェンくんが「これで俺の優勝は間違いないな」って言った時、ワイアットがニヤニヤしながら「イーサン達が作った剣なら力が湧くって言って、ずーっと待って――」そこまで言って、オーウェンくんに頭を掴まれてアイアンクローみたいなのをされていた。片手でワイアットの頭を掴むんだもの、凄く怖かったよ。

ワイアットがそれでもめげずに「心待ちにしていたのは本当の事なのに！」って続けたのは、勇気あるなって思った。その後のワイアット？　頭を押さえて蹲《うずくま》っていたよ……。

そして、僕には気になる事が一つあった。

「ジェンティーレ先生はどうしたんだろう？」

僕達の魔法学の担当であるジェンティーレ先生が、お休みを取っているのだ。

一緒に先生の特訓を受けているヴィーが相槌《あいづち》を打つ。

「魔法師団の仕事が忙しいとは聞いたけど。代行の先生も同じ魔法師団だよね、しかもリーンの知り合いなんでしょ？」

「家庭教師をしてくれてたんだよ」

「同じ魔法師団だって言っていたのに、その先生は仕事忙しくないのかね～？」

「カールベニット先生？　先生も忙しいと思うよ」

少し前までテステニア王国に行っていたくらいだし。

またカールベニット先生に魔法を教わる事になるとは思わなかった。僕個人に教えるのとは違う姿に、ちょっとした違和感を覚える。

休みが明けたのに、ジェンティーレ先生には会えなかった。代わりに、カールベニット先生とジネヴェラ先生が魔法学を担当している。

カールベニット先生は魔法学の時、「ジェンティーレは魔法師団の仕事が忙しく、授業を行えるだけの時間が作れません。代わりに担当させて頂く事になりました、カールベニットです」と自己紹介した。その時に、ジェンティーレ先生と同じ魔法師団に所属している事も話していた。私はジェンティーレの弟子のようなものですよ、と笑いながら。

自分でも意外だったけど、僕はジェンティーレ先生に会うのも楽しみだったようで、寂しいと感じてしまった。そう、あの残念なイケメンが居ない事に、寂しいと！　慣れって凄いな、本当に。

「ジネヴェラ先生も、やっと普通に会話出来るようになったよね」

エルフのジネヴェラ先生は、ヴィーに精霊魔法を教えるために赴任《ふにん》してきた人だ。ところが、精霊マナの言葉を正しく理解出来ていない事が判明し、教師というより半分生徒みたいな立ち位置になっちゃってるんだけど。

「マナはまだ駄目って言うけどね、私はちょっとマシって思うよ？」

「……きびしいね……」

『まだまだだろー？　聞こえのいい言葉しか理解してないぞ』

マナの言う聞こえのいい言葉とは、先生が言われて嬉しい言葉らしい。そんな言葉から覚えるとは思わなんだ。先が不安だけど、以前と比べればまだ会話になっているだけいいと思えたよ。

ヴィーの側に寄り添うマナは、休み前よりもさらに「ヴィーが好き」な子になっていた。ヴィーの側ならにっこにこだし、離れる事も無い。ヴィーの方も、マナが側に居る事は当たり前な様子。

これはカルキノスに聞いたんだけど、精霊が一番嫌がるのは「信頼されない事」なんだって。だから、ヴィーがマナを常に側に置いているのは、最も好感度が高い姿らしい。

居て当たり前、マナが自分を見捨てる事は無いと信じていると。その信頼が絆《きずな》を深め、精霊魔法の安定に繋がるんだってさ。それを誰にも聞かないでしているヴィーは、精霊魔法の素質が高いって事になるらしい。

マナがヴィーを好む理由には、多分それも含まれているんじゃないかな？

まぁ、仲良しなのは良い事だ。

「そろそろ俺達は行くぞ。皆も遅くならないようにな」

母親のような言葉に苦笑いする。これを言っているのがオーウェンくんだからだ。皆ももうオーウェンくんの性格を分かっているからか優しい表情を向ける。

オーウェンくんと一緒に立ち上がったのは、ワイアットに加えてイーサンとノアだ。

「あー。イーサン達も？」

「そうだよ〜！　オーウェンの動きを見た方がいいもの作れるから〜」

「それもあるけど、ノアが邪魔しないように見張らないとね」

「僕は邪魔してないよ〜、イーサンひどい！」

ぷくっと頬を膨らませイーサンを見るノアと、何度も怒られただろう？　とでも言いたげなイーサンの眼差し。

ワイアットはノアを指差して笑っているし、オーウェンくんは何度も同じ事で注意されているノアを半目で見ていた。

賑やかな四人は、そのままワイワイと騒ぎながら教室から出て行った。

「今日もノアがオーウェンに怒られるに、一票」

「私も」

リアムの呆れた声に僕達は深く頷いた。

「同意」

「同じく」

「僕も」

【我も】

若干一名聖獣も同意していた。

皆と居られる今この時間に、聖獣達も一緒なのが僕は嬉しい。

「僕は森の図書館に寄ってから帰るね」

立ち上がってそう伝えると、ノエルも立ち上がった。

「私も行く」

「ノエルが行くなら私もです」

ナタリーも立ち上がり、それにつられるように皆が帰り支度を始める。僕は寂しそうなリアムの視線に耐えながら、カルキノスを回収。いつものようにイピリアは肩に止まった。

僕に捕獲《ほかく》されるのを分かってか、リュックにいそいそと入るアクリス。そのリュックを背負い、僕達は雑談をしながら門まで皆一緒に向かう。

今日はノエルとナタリーと一緒に図書館へ。残りのメンバーはそれぞれ家に帰るようだ。

図書館では、クレイモル王国で身につけた新たな魔法——『記憶書庫』に詰め込めるだけ本を記憶する事に決めていた。

その意思が影響を与えたのか、僕の記憶書庫は沢山の本を覚えてくれた。僕はあてもなく図書館を徘徊《はいかい》するので、ノエルとナタリーとは別行動に。二人は座って本を読んでいた。

少し疲れて休憩していると、イピリアが念話で応援してくれた。

【知識は無いよりはあった方がいいですからね】

そうなんだけど、本の多さに面倒だと思っちゃうよねー。

【しかし不審者だわ　うろうろしているだけで本を持って行かないからな】

手に取ってパラパラと捲《めく》っては戻してを繰り返しているので、そう思われても仕方無い。

【視界に入る本を記憶するようには出来ないの?】

そこまで便利な魔法じゃないの。所謂、速読みたいなものだから。中身を見ないと記憶出来ないんだよ。

【主の魔法なのに普通だね】

君が言うかね、カルキノス?

この魔法を作った時は、簡単に魔法を作るのは普通じゃないとか言っていたのに。

【作っちゃったんだから……仕方無いよね】

ぐ……まだこの魔法も改良の余地ありなんだから!

僕だってやれば出来る子なの!

つぶらな瞳で可愛い顔をしながら、駄目な子って感じの念話を送るのはやめて欲しい。

僕の繊細《せんさい》な心にぐっさぐっさと何かが突き刺さるから。

フンスフンスと鼻息を荒らげつつも、脳内の記憶書庫に変更を施した。

視界に入る本全てを魔力で包むように意識し、そしてその魔力をこの館全体に広げる。

指定――本――全てを記憶書庫へ。

変換を開始した瞬間、脳内にある記憶書庫へ一気に内容が書き込まれていった。

「う、わ……」

頭が揺さぶられたように感じてその場にしゃがみ込んだ。しゃがんだだけでは収まらず、床に両手をついてしまった。

情報が多過ぎて吐きそうになる。いや、このままだと、間違いなく吐く。

【あ、主?】

カルキノスの声も情報として入って来るので非常に困った。

自分の魔法だけど、流石にやり過ぎたかも。吐く吐く、気持ち悪い！

我慢出来なくなってきて、この感覚が自分から離れてくれればいいのに！　そう思った時、記憶書庫に読み込まれていく感覚がフッと消えた。

「……あ？　消えた」

気持ち悪さも吐き気もサッパリと無くなった。

顔を上げてカルキノスを見る。心配そうな可愛いつぶらな瞳を見て、大きく息を吐き出した。彼をむぎゅっと抱きしめて立ち上がる。こちらを気遣うカルキノスの言葉に返事をしながら、記憶書庫を確認した。

相変わらず書き込まれていく状態なのに、先程の不快感は全くない。

「ははは……僕、やれば出来る子！」

素晴らしき、僕の魔法。しっかりと進化した記憶書庫。これでもっと楽になる！

ガッツポーズをとったのは自然な行動だと思う。

【頑張りが　何処か違う方向に行っていますね】

【頑張りどころが違うわ】

【間違った魔法の使い方だね】

吐き気を耐えた頑張りを貶され、カルキノスには魔法の使い方に文句を付けられ……って、君が欠点を指摘したから進化させたんじゃないか！

【普通は術式を使って　魔法を改良するものじゃないかな　主はすぐ自分の力に頼っちゃうよねせっかく古代語を教えたのに】

何も聞こえない！　僕は、やれば出来る子なの！　今日の進化だって大成功なの！　術式を使わなくたって立派な成長だよ！

可哀想な子を見るような聖獣達の視線を感じる。

なあに？　僕に何か言いたいの？　言いたいのは僕の方だよ？

一週間前の自分に教えてあげたい。

記憶書庫の進化に成功するよって。吐き気との戦いにも勝利するよって言いたい。

【言わんでいいわ！】

【アクリスの主様にぴったりのお言葉ですね　ほっほっほ】

魔法が進化したそんな素晴らしい日の夜に、僕は不思議な夢を見た。

様々な色をした光が一面に広がり、僕はその光を上から眺めている。体を動かそうとすると、まるで水の中を泳いでいるような感覚があった。

†

不思議な夢を見た翌日、基本科目を終えて学園を後にした僕は、王城にやって来た。ロダンさんとお爺様に通信の魔道具の説明をするために。

僕の誕生会の日にお爺様に渡した通信の魔道具は、今ロダンさんが持っていた。それを受け取ると、僕はカルキノスに渡し、使い方の説明をする。

サイコロくらいの小さな魔道具は、カルキノスが展開させて中身を見せた。

足元に広がる術式をお爺様とロダンさんが眺める。複雑な表情でぽそっと呟いたお爺様の言葉に、僕は苦笑いをした。だってお爺様は「古代語……」と嫌そうに呟いたからだ。

もちろんカルキノスにも聞こえている訳で、カルキノスはお前も嫌なのかといった視線をお爺様に向けたんだ。僕はお爺様も苦手なんだな、と仲間を得た気分だが。ちなみにロダンさんは全く表情が変わらなかった。

「今展開している魔道具を〈親機〉として、こっちの魔道具を〈子機〉としますね」

子機の方が本命で、ピンズ（裏側に針がついていて、衣服に刺して止め具で固定するやつ）の形をしている。

「こっちの親機を介して、子機を使用します。親機には予《あらかじ》め、使用者の魔力を記憶させてください。記憶している魔力の持ち主にしか子機は反応しません。これは盗難防止です。それと、この親機を作る時に使用したのはトーチ鉱石です。トーチ鉱石の特徴は魔力を蓄《たくわ》える事。なので、使用者の魔力を記憶する事が出来ます」

同時に僕の記憶書庫でも、トーチ鉱石についての記述を展開している。うん。僕はトーチ鉱石の事なんて、カルキノスに聞くまで知らなかったもの。昨日森の図書館で記憶書庫に詰め込んだ本を開いている。

「トーチ鉱石ですか……この魔道具を量産するには、クレイモル王国に鉱石を頼まなければなりませんね」

「さっすがロダンさん。トーチ鉱石はクレイモル王国にしかないですもんね。しかも、クレイモル王国ではハズレ鉱石と言われています。採掘の依頼をした方がいいですよー」

「なんと勿体無い事でしょう。この鉱石が他の王国との取引の材料になる事を知らないのですね？

はぁ……リーンオルゴット様は本当に凄いです。それに、彼らの事がお好きなのですね。ふふふ」

「うん。ビースト族が好き。もっと得をしてもいいと思うんだ」

もふもふは正義。愛すべき種族だ。僕の中でこれは絶対なの。

今までハズレ鉱石として処分していた鉱石が、外交での取引の材料になる。アルペスピア王国としては、今、最も欲しい鉱石になった。取引する時の値段はそこまで高額にはならないはずだ。ハズレと捨てていた鉱石なんだから。

まぁ、これも全ては、カルキノスがこの鉱石の事を知っていたからなんだけど。

カルキノスの知識の多さに、僕は驚くよ。僕と出会うまでカルキノスがクレイモル王国に居たのは、あの国が好きだからと言っていた。僕とカルキノスの心は一緒。ビースト族は愛すべき種族だと思っている。

カルキノスはクレイモル王国に居た時、民を困らせないように姿を見せる事は無かった。聖獣カルキノスが姿を見せれば、民は崇《あが》め、どんな事でもしただろう。カルキノスは、僕と一緒にクレイモル王国に行った時、そう話していた。

まぁ、どれだけ元居た国に愛されていたか、という話になると、イピリアが肩身の狭い思いをするから、ほとんどしないんだけどね——あの子は住処《すみか》を暴かれ、殺意すら向けられた。

聖獣が各々《おのおの》好きな王国に住んでいたとしたら、イピリアにとってテステニア王国での経験は……うん、悲しくなるからやめよう。肩に居るイピリアをそっと撫でた。

「子機を使う時も魔力は使うんだけど、親機を作ったお陰で生活魔法の範囲で済むようになったから、魔力の少ない人でも大丈夫だよ。王国全土で使用するなら、親機は各領に一つは欲しいかな。どう運用していくのかは、お爺様にお任せしますね？」

説明は終わりますよーという意味で、お爺様ににっこりと笑いかけた。お爺様はまだ古代語のダメージが残っていたようだが、僕の説明が終わると同時に展開していた術式も消えたので、ホッと息を吐いて微笑んだ。

「良い魔道具になったのう。この子機とやらに描かれているのはアルペスピア王国の花の意匠《いしょう》じゃろ？　その意匠が描かれた子機を身につける者が、それを誉《ほま》れと思うよう、よーく考えられとるわ。これならば、盗難もなかなかされんじゃろてな」

子機をじっくりと見ているお爺様。僕は予想の斜め上なお爺様の言葉に一瞬、何言ってんだ？　ってなったけど、そうも使えるのか、と考え直した。

「あー。それは完全に趣味。僕は花の意匠が結構好きなの。無地のピンズは寂しいから、僕の好きな花の意匠を描いたんだけど……そっかそっかー、そういう風にも使えたね！」

正直にそう話したら、お爺様は可哀想な子を相手にする目で僕を見た。

その瞬間、ロダンさんがさっと後ろを向いた。肩が震えているので、間違いなく笑っているんだと思う。ロダンさんも大概酷いよね。この人がお爺様と一緒に居られるのは、似た者同士だからでもある訳で、僕は諦めて気にしない事にした。

〈このピンズは我の玩具に丁度良い〉

「！」

そう言いながらアクリスは、ピンズに猫パンチをして転がして遊んでいた。それを青ざめた表情で見ているロダンさん。

僕は、自分よりも無邪気に子機を玩具にしているアクリスを見て、とっても心がほっこりとした。

僕が作った通信の魔道具は、カルキノスによれば国宝クラスの出来らしい。それを玩具扱いするアクリスは、やっぱりアクリスだった。

【僕達の個性の元は主なんだけどね】

「……」

そんな念話はいらないよ、カルキノス……

とにかく、通信の魔道具の説明は終わった。お爺様は余り聞いていなかったようだけど、ロダンさんがしっかりと聞いていたので大丈夫だろう。

しかし、魔道具は今後も僕が作る事になった。まぁ、若干分かっていたけどね。古代語を理解している人はそう居ないのだ。理解せずに記憶するだけでも使えるけれど、この魔道具に使用した古代語は複雑過ぎる。記憶するのに年単位の時間がかかるだろう。

ヴァイラ姉様だって、何度も書き写して記憶しているところだ。間違いがないように、慎重に、そしてとても必死に覚えようとしている。パッと頭の中に術式が浮かんでくるくらいを目指して覚えさせているという、スパルタなカルキノス先生のお言葉に、僕は暫く姉様には優しくしようと決めているんだ……

そんな訳で、僕は暫くは家でやる事がまた一つ増えた。そう、また一つだ。実は、僕が工学のレポートと一緒に提出した服の製作依頼が入ってるんだ。僕に依頼してきたのは、意外にもロダンさんだった。お爺様よりも危険な仕事が多いロダンさんは、あの服の性能に気が付いたらしい。

そこそこ上品な見た目の服が、実は騎士達が着ている鎧よりも優れた防具だと。

僕が付与した『防御機能向上』はあらゆる面で防御力が向上する。「あらゆる面」の中には魔法も含まれている。外交官などの重要な役職の人にはまさにピッタリな服だ。

鎧を着て外交をする訳にはいかない。そのため、外交官は何度も命の危険を経験していた。僕の作った服なら鎧を着るのと変わらない性能を持つのだから、身を守るにはもってこいという訳である。

ロダンさんには、僕が使える付与魔法の種類がもっと多彩な事も、見抜かれていそうだけども。

実際に受けた依頼には「身を守る事を第一に付与して欲しい」と書かれていた。『防御機能向上』と指定しないところから、他にもあるんでしょう？　と言われているように感じたね。

「さて。帰ろうかね」

〈帰りも私に乗ってくださいね〉

「勿論だよ。よろしくね、イピリア」

〈はい〉

王城に来た時と同じく、帰りもイピリアに乗って帰る。聖獣が一緒なのはいい事ばかりだ。可愛いしね！

帰る時にお爺様からは「アルフォンス宛に依頼の達成料を振り込んでおいたからの。帰ったら確認しとくんじゃぞ」と言われ、ロダンさんからは「色々とありがとうございました。トーチ鉱石を入手したらお届けしますので、またよろしくお願いします」と言われた。

通信の魔道具が当たり前に使えるようになるのも、もう少しだろう。

先の事はまだ分からないけど、色々な事が変化していく。この世界、もうちょっと変わってもいいんじゃないかなー。

その日もまた不思議な光の夢を見た。

空のような所から様々な色の光を見下ろし、移動する時は水の中と同じで、見えないけど何かの抵抗を体に感じる。

ドロッとした液体のような何かが体にまとわりつく感覚があるものの、移動する事は出来た。でも、移動しても光はある。大きさも色も多種多様で、辺りが真っ暗だからかその光達だけ異様によく見えていた。

どのくらい移動したのか分からないけれども、真っ暗な場所もあり、そこからまた少し移動すると光の海。そうだ、その光は海のように広がって見えた。

そんな夢も慣れてしまえば楽しいもので、光の海を泳いでいるようにも思えて、決して嫌な感じはしなかった。

目が覚めても暫くは余韻《よいん》があり、体には何も変化無し。魔力が漲《みなぎ》っているくらいだ。


さらに翌日。

「ついに三日連続でこの夢か……」

光の海の夢。いつもと変わらず色とりどりな光を眼下に見ながら、僕の口から呟きが漏れた。

「夢の中は普通に喋れるの？」

今日も同じ夢だと思った。だが、今まで何も無かった所に突然新たに光が現われた。いや、正確には、光が二重になって見えた。

光が現れた時、僕の体は波動のようなものを感じた。その瞬間、僕は言い知れぬ感動を覚えた。大きな光が波動を発し、まるで産声を上げるかのように「ここに居る」という事を伝えているようだった。

「増えた光……生まれた？　でも光は……あ、母体の中、とかって事？」

ポッと、頭の中に「魂」という言葉が浮かんだ。そうだ、この光の正体は魂だ。

今感じた波動は、魂が生まれた瞬間のものだ。母体の中で作られていた肉体に魂が宿ったのか、先に魂が宿り、それに見合った肉体が作られていくのか……そこは分からないけど。僕の目には光、いや、魂しか見えないし。

魂の色は白と黒しかないと思っていたけど、本来はこのように様々な色をしているのかもしれない。すると、また文字が頭に浮かぶ。それは「基本属性」だった。

この世界には魔法がある。

その中で僕が最も不思議に感じたのは「基本属性」だ。人には火や水などの基本属性のいずれかが割り振られ、その属性の簡単な魔法（生活魔法）をすぐに使用出来る。

だが、基本属性が火でも水の魔法も使えるし、何のための振り分けなのか、よく分からなかった。

今ここに来て思ったけど、基本属性って魂と関係があるんじゃ？

生活魔法を使う時は、魂に溜めた〝善〟を乗せて祈る。

「それには、基本属性が深く関わっている？　この色は魂の持つ属性の色？」

兄様の基本属性は氷↓兄様の生活魔法で現われた蝶は水色↓兄様の魂の色は、水色？

そう考えると、何故か納得出来た。

今まで僕が判別出来たのは白い魂と黒い魂だけ。善悪しか見る事が出来なかった。でも、今のこの状態は、魂の持つ本来の色が見えているのではないのか？

そう考えても、光の海を泳ぐ夢を見ているのは何故か？　という事への答えは出ないんだけどね。

しかも、肉体は何処さ。全く見えないんだけど！

「まぁ、綺麗だからいいけど。しかし、そう考えるとこの色の濃さも何か関わりがあるのかねぇ？」

ひと口に色と言っても、同じ色は無い。赤も様々な濃さの赤があるし、水色も緑も、そして黒さえも。

あれだよね、うん……僕の魔法が進化したように、僕も進化というか成長したって事か。

すいーっと泳ぎ、真っ暗な中ポツンと佇《たたず》み、両手両足をバタつかせて全身で不満を表す。

「違う、違うんだよ、僕が求める成長はこの成長じゃないんだよ……肉体的な成長が欲しいの！　背が高くなりたいの！　筋肉も欲しいの！　逞《たくま》しい男に成長したいのぉぉぉ！」

暴れながらも心のままに叫んだ。結果、疲れた……多分これは精神的な疲れ。どんなに動こうが、体に疲れは感じないから。

真っ暗な中彷徨《さまよ》っていると、遠くに光が見えてきた。その光の方へ泳いで移動すると、初めて見る色に驚いた。

「青い。しかも……金色の粉？　粉なのか？」

何処にも無かった真っ青な色。真っ白な光も無かった気がするけど。

僕はその青い光にとっても興味を持った。

青色だよ？　しかも、魂の周りに金色に光る粉のようなものが舞っている。そのせいで、青い魂が輝いて見えた訳で。そんな魂が現れたらワクワクしてしまうのは仕方無い事だと思う。

「もっと近くで見たい……何だ、ここ」

進めないくらいに何かの抵抗が強くなった。青い魂に近寄りたいのに全く進めない。何かに邪魔されている感じだ。何重にも何重にも守られた結界があるように感じる。

青い魂の周りには、他の魂は無い。

「えー……もっと近くで見たいのに。むむむ……」

どうしても気になっちゃう、青い色の魂が。出来る事なら、触れてみたい！

でも全く進めないしー。嫌になっちゃうなぁ。

ちょっとイラッとしてきた。僕を阻むようにある結界みたいな何か。

僕の夢の中なのに、近づくなって言いたいのか！　むっきー！

僕は自分を阻んでいる何かに両手を向け、心の中にある怒りを向けた。

——コワレロ
——キエロ
魔法を使う時とは違う言葉が出た。呪文ではない何か。その言葉を、僕は発した。

阻んでいた何かは割れるような音と共に見事に消え、僕は青い色の魂に近付く事が出来た。近付く度に、パリーンとガラスが割れるような音を立てて、消えていく何か。それを感じてはいるんだけど、僕の目は青い色の魂に釘付けだった。

青い魂まで三メートルぐらいの所に立つと、そこから先は近付かなくてもいい程魂がよく見えた。

「うわー！　すっごく綺麗だ！　キラッキラ」

青い色をした魂の周りで、金の光がキラキラと舞う。

青色もとても濃い。僕の瞳と同じくらいだ。溜め息が出てしまう程、その魂は綺麗だった。言い表せない輝き、濃い色合い、大きさ。何処を見ても素晴らしいと感じた。

どのくらいの間見ていたのか分からないが、気が付けばその魂の周りに黒い魂が集まっていた。僕はそれを嫌だと思った。じわじわと胸の中に湧き上がる不快感。

こんなにも綺麗な魂の側に、消しても良さそうな程悪を溜め込んだ魂があるのは――


「リーンっ？　リーンっ！」

「――え？　か、あ様？」

気が付いたら、目の前には不安そうな表情をした母様が。聖獣達も僕の顔を覗き込んでいるし。っていうか、今、僕は何を考えてた？

あれ？　夢だったよね？

「眠っていたのよね？　リーンは」

「はい。夢は見ていましたが、いい夢でしたよ？」

「……そ、う」

きょろきょろと見渡せば、僕はちゃんとベッドの中に居た。聖獣達もちゃんと居るし。空の上でも、外に居た訳でもないか。あれはやっぱり夢なんだな。

頬に柔らかな肉球を感じて視線を向けると、カルキノスが僕の頬に手を押し当てていた。

〈主　目が開いていたよ？〉

「へ？」

〈バッチリ開いていたな　無表情で　しかも手を上に翳《かざ》していたぞ〉

「えー？」

アクリスも寝ている僕の目が開いていたと言い出した。

〈起きているのか寝ているのか分からなかったので　取り敢えず見ていましたが〉

ひょえー？　イピリアまで同じ事を言う。

僕、寝ていたはずなんだけど？　今日も光の夢を見ていたよ。泳いで見て回っていたよ。

「私が、声をかけて起こしたの。その……起きているくらい、ハッキリと目を開けていたものだから。それに、天井に向けて手を翳したので、もしかして魔法でも使うのかしら？　と、胸騒ぎも感じて。ベッドが壊れるのも困るし……」

寝ていたはずなんだけどな、僕。

寝ながら魔法を使うとか、目を開けていたとか……歩き回らないだけで夢遊病者《むゆうびょうしゃ》になったのか？

楽しい夢を見ていたはずなんだけど。うー、目がまだ覚め切らず、ショボショボするー。

「んー……すごく楽しい夢を見ていただけ、なんだけどなぁ。何だっけ……あぁ、光の海の中を泳いで、光が……あ、魂だったんだ。それで、青い色の魂がキラキラで……母様？　何で頭を撫でるのですか？」

「ふふふ。寝ぐせをつけながら、夢の話をしているリーンが可愛いからよ」

「……」

寝ていた僕を起こしたのは母様なのに、可愛いとは解せぬ。

母様の表情は「まだまだ子供ね」って言いたそうだし、頭を撫でる手付きが優しい。

僕の体に寄り添う聖獣達の温もりを感じ、またウトウトとしてきた。

「起きるには少し早かったようね、もう少しだけ……おやすみリーン」

「……お、や……」

母様の柔らかな声色は子守歌のようで、僕は返事も出来ずに眠りに落ちていった。

その後は、いつもの起きる時間までぐっすりと寝たさ。ただ、聖獣達には夢の中で青色の魂を見た事を話した。

僕と聖獣達の中で、あの青い魂の持ち主に心当たりがあったから。ただ、肉体を見た訳ではないので、憶測でしかないが。
・・
彼女にはいつか会えるだろう。そう遠くない内に。

†

次の日。

基本科目の授業を終えて、午後から薬学の授業になった。

薬学の授業は相変わらずガルシア先生の眠たくなる長い話から始まり、僕とペアのノエルは眠気と戦っているようだった。

先生の話は半分くらい聞き流して、僕は手元にある薬草事典を眺めている。

授業で使用するこの薬草事典は、僕の家にあったものよりも新しく、見た事の無い薬草も載っている。単に薬草と言うと香草《こうそう》も含まれるし、その種類は膨大なので、僕の記憶書庫さんに頑張ってもらうしかない。作って良かった記憶書庫。

ガルシア先生の話は、とうとう何度目かになる薬師の素晴らしさを語り始めていた。毎回毎回、どうして先生は薬師の職業が素晴らしいかを話すのだろうか？

話半分で聞いていたので、そこら辺の話を記憶書庫さんに文字に起こしてもらったら、すぐに分かった。どうやら薬師の上の職業が錬金術師《れんきんじゅつし》になるようだ。自分の魔力を付与して、薬師よりも効能の良い薬を作れる者を錬金術師と呼ぶらしい。

あれだよね。僕がポーションを作った時に鑑定したら「錬金術師が作成」と「薬師が作成」って二種類の表示が出たのと関係があるよね。治癒《ちゆ》を付与したりすると錬金術師が作成って出たもんなぁ。

ガルシア先生は、薬師は錬金術師よりも劣っている訳ではないと言いたいようだ。錬金術師が知らない薬草でも薬師なら知っている事が多い。薬師の知識量はとても多く、どれか一つの分野に特化した研究者になりやすい錬金術師をも上回るものらしい。

まだ中等部一年生の僕達に、薬師と錬金術師の違いまでは理解出来ないと思うんだけど、先生は知識こそ力なのだと言いたいようだ。薬師の知識は国の財産であると、ガルシア先生はそう話していた。今まで僕は聞き流していたけどね。多分、他の皆もそうだけど。

ガルシア先生の話の中には、錬金術師に対しての文句もあったから、私的な何かもあるのだろう。だって「あの野郎」とか、「実力が全てって言いやがって」とか言っていたから……ガルシア先生は話に熱が入ると、言葉が悪くなるようだ。そーなる頃には皆寝ちゃってるんだろうけど。

僕はずり落ちる眼鏡《めがね》を直しながら話しているガルシア先生を見て、やっぱり先生の話は話半分で聞いているほうがいいやと思った。

その後の薬学の授業では、血の量を増やす造血薬《ぞうけつやく》や、止血薬と化膿《かのう》止めなどを作った。造血薬は飲み薬で、止血薬は塗り薬だった。化膿止めは両方あって、塗り薬の方をノエルが失敗してめっちゃ臭い薬になってしまい、籠《かご》の中に居た聖獣達が驚いていた。

何かを作るのって、やっぱり楽しい！　籠の中で両手で鼻を押さえている聖獣達が可愛かったので、失敗した事も楽しめた。

薬師だからとか、錬金術師だからとかは、物作りを楽しむには関係ないしね！

授業が終わった後はノエル達と教室に残り、皆で聖獣達をモフりながら他愛のない話をしてから帰った。

帰宅後、夕食まで僕は聖獣達と一緒に鉱石を糸にして、それを服屋さんに持って行ったり、出来上がった服に付与魔法を施したりして過ごした。夕食後は、寝るまで聖獣達と玩具で遊び、櫛《くし》で梳《と》かしたサラサラな毛に埋もれて寝た。


翌朝、起きた僕は光の海の夢を見なかった事に気が付いた。でも、夢を見た時と同じように魔力は漲っている。思わず体を動かして何処か変化は無いか探す。ちょっとだけ膝がしくしくとしている気がしたので、もしかしたら成長期さんがやって来たのかもしれない！

少し浮かれた気持ちで身支度を整えていると、聖獣達が起きてきた。

「おはよう！」

〈ふぁ……　おはよう主〉

〈おはようございます　主様〉

アクリスは欠伸《あくび》をしつつ、小さな前足で顔を擦りながら起きてきた。イピリアは寝起きでもはきはきと挨拶をし、すぐに僕の肩に止まった。

問題はカルキノスだ。この子、起きる気配が無い。すやすやと眠っているカルキノスの側へ行き、もっぷりとしたお腹をさわさわっと撫でる。

〈起きませんね〉

「可愛い可愛い可愛い」

起きないカルキノスに呆れているイピリア。僕は上下に動くぽっこりとしたお腹が愛おしくて、壊れたように可愛いと連呼する。

〈その主の顔　我は好かん……〉

〈まぁ　仕方無いのですよ　主様ですから〉

どんな顔をしているのか分からないけど、僕のカルキノスは世界一可愛いのだよ、アクリスくん。

ふふん。アクリスを見ながらカルキノスを撫で繰り回す僕。アクリスは嫌そうに顔を歪めた。

〈我の毛が逆立った……〉

「失礼な！」

本当に嫌なのかアクリスは僕から少し離れた。僕の繊細な心がちょびっと傷ついたぞ！

〈そろそろカルキノスを起こさないと　時間が無くなってしまいますよ？〉

「そうだね。ご飯を――」

〈ごはん！〉

ご飯の一声で、閉じていたカルキノスの目が開いた。撫でていた僕の手を引っ張り、体を起こす。

そんなカルキノスに僕は「相変わらずブレないね」と話しかけながら抱っこした。少し離れていたアクリスも僕の側に戻って来ているし、朝食を食べに行こうかね。

朝食を食べている時に父様が剣術大会の話をしてきたので、僕は友達が出場する事を教えた。武術系の専攻を取っていない僕は見に行けないけれど、見に行く予定なのか兄様がすぐに食いついてきた。

「オーウェンって言ったら、剣豪《けんごう》ハーウェンの息子だろう？」

「ハーウェン？　その人は知らないけど、父親が剣豪って言ってましたよー」

そんなような事をオーウェンくんも言っていた気がするけど、あんまり覚えてない。オーウェンくんはオーウェンくんだし。兄様は僕の反応が薄いからか、苦笑いしている。

正直、剣豪とかの話には興味が無い。でも記憶書庫さんは優秀なので、脳内ではしっかりと剣豪についての本も保管されていた。まぁ、学園に向かう間にでも読んでみよう。

聖獣達も剣術大会に興味無さそう……？　と思ったら、イピリアだけは興味があるようで、兄様と何か話し込んでいる。アクリスはまったく興味無い様子。床に寝そべってエアーパズルをしてるからね。カルキノスは見なくても分かる。

いそいそと朝食を食べ終えた僕は、まだ食べている姉様と服屋さんの話をした。姉様はやっと付与魔法を覚えられそうだという。もう少ししっかりと姉様が記憶出来れば、僕は下着に付与をしなくて良くなりそう。そんな話をしていたら学園に向かう時間になったので、僕達は急いで馬車に乗り込んだ。

「今日も平和だねー」

膝の上で寝ているカルキノスを撫でながら、僕は学園に向かう景色を眺めた。

毎日同じなようで同じじゃない日々。僕は今日も何か楽しい事があるかな？　と思いながら、脳内にあった剣豪の記述を読み始めた。

†

授業を終え、また皆で教室に集まって話をしていたんだけれども、僕は家でやる事があるので早々に帰る事にした。

今日の集まりにオーウェンくんは来ていなかった。明日は剣術の大会だから、今日は訓練に集中したいらしい。集まりに参加していたワイアットがそう話していた。

剣の最終調整は終わっているからと、ノアとイーサンもオーウェンくんの所には行ってなかったし。邪魔しないように、という彼らなりの気遣いだろう。

「とうとう明日なのか……」

家に向かう馬車の中で、思わず呟いた。

〈主様は見に行けないのですよね？〉

「そうだね、イピリア。ヴィーとノエルとナタリーと僕は無料では見に行けないんだよ、専攻が違うから。成人していれば一人でも一般の観客席に入れると思うけど、それなりにお金がかかるからねぇ」

学生の剣術大会の観戦条件は、武術、槍術、剣術のいずれかを専攻している事だ。その三つは取っていないし、成人していない僕達は自由に見に行く事は出来ない。

「僕達が見に行くとしたら、付添人《つきそいにん》として成人している人が必要だね。兄様や姉様が一緒に来てくれるとは思えないから、僕は無理っぽい。父様も母様も見に行くとは言ってなかったし」

姉様は古代語を覚えるのに必死で、見に行く余裕が無いだろう。

行くと言っていたのは兄様だけれども、いい返事は貰えない気がする。あの人は僕に甘いけど過保護なので、僕が外に行く事に反対しがち。危ないからとか……言いそうだ！

うーん、行きたいけど仕方無いかぁ。

考えていると、アクリスの小さな前足が僕の膝をちょいちょいと叩いた。

「どうしたの？」

〈我は　レーモンドに連れて行ってもらう〉

「えっ、兄様に？　いつの間に頼んだの？」

〈我が頼めば連れて行くだろう？〉

「まだ話してないんかーい！」

連れて行ってもらえる感満載で言うから、もう兄様に頼んだのかと思ったじゃないか！　今朝は興味無さそうだったのに、急に行きたいと言うからびっくりした。

アクリスは僕を不思議そうに見ている。僕は大きな溜め息が出た。

確かにアクリスなら兄様もＯＫを出しそうだけど、本当は僕も見に行きたいんだよ？　アクリスだけ行くのはずるいー。

〈僕は主と一緒に居る〉

「カルキノスゥウウ！　そうだよね、一緒がいいよね！」

わさぁっとカルキノスを撫でると、心がほわっとした。抱き上げると青いつぶらな瞳がキラキラと輝いて見えた。

〈アクリスですからね　問題を起こしそうなので行かせるのは不安です〉

「あぁー……」

確かに、イピリアの言う事も分かる。ただ見ているだけって事が出来なそう。

剣術の大会なのに〈我も参加する〉とか言いそうだよね。

「剣を使えないアクリスじゃ、参加する事は出来ないんだよ？」

〈なんと……　連れて行ってもらえば参加出来るものだと思ったのに〉

しゅんっとするアクリス。

僕は案の定参加する気だった事にまた溜め息が出た。

「剣を使う人達の大会だからねぇ。だから、行っても見ているだけ！」

〈見ているだけだと　体がむずむずしそうだな〉

「アクリスが大人しく観戦している姿って想像つかないよね？　イピリア」

〈そうですね〉

「だよねぇ」

首を縦に動かしながら即答するイピリア。僕も深く頷いてしまった。

納得出来ないのか、アクリスは考え込んでしまったが。その姿を見て僕は、見に行ったら行ったで大変そうだし、行かないほうがいいのかもしれないと思えてきた。

元々行けないんだし、僕は諦めよう。僕も行かなければアクリスも諦めてくれるかもしれないし！

「取り敢えず、家に着いたら鉱石の勉強をしながらポーションを作るのと、下着への付与をやらなくちゃね」

〈おー！〉

カルキノスが元気な返事をくれた。

「頑張ろうね、カルキノス」

〈私もお手伝いしますよ〉

「ありがとうね、イピリア」

僕とカルキノスとイピリアで、和やかな雰囲気のまま馬車は家に着いた。アクリスだけが家に着いてからもずーっと黙ったままだった。

そんなアクリスに僕は嫌な予感がした……

鉱石を糸に変換していると、カルキノスが〈錬金術について詳しい人間が居たような気がする〉と、呟いた。

僕は工学のスミス先生の顔が、パッと頭に浮かんだ。

「スミス先生だ！」

〈鉱石についても何か知っているかもよ〉

「明日聞きに行ってみようか。剣術大会があるし、先生達もきっと居るはず」

などと話していたら、アクリスに抱いた嫌な予感を忘れてしまった。

アクリスの黙り込みが何だったのかは、次の日の朝には判明した。

清々《すがすが》しい表情かつ穏やかな口調で、アクリスはこう言い出したんだ。

〈我は　レーモンドに許可を貰った〉

「……」

何の許可なのかは聞くまでもなかった。

アクリスは僕にそう言い終えた後くるりと向きを変え、軽やかな足取りで——

〈さあ　剣術大会が我を待っている　早く行くぞレーモンド〉

そう言って朝食を食べている兄様を急かしたから。

僕は面倒な事――アクリスの面倒を見る事――を頼む形になってしまったので、謝罪の視線を兄様に向けた。

でも、兄様は嬉しそうに微笑んだだけだった。優しい兄様らしくて、僕の心は朝からほわっと温まったのであった。

こうして願いが叶ったアクリスは剣術大会へ。

残った僕達は、工学のスミス先生の所へ鉱石について聞きに行く事にした。

学園の入口中央に、大きな看板が立っていた。

剣術大会当日と書かれた張り紙を眺める。そこには剣術大会について、細かな決まり事などが書かれていたので読んでみた。

どうやらテールレア学園で行われる剣術大会は、前部と後部に分かれているらしい。

前部は未成年のみで行われ、後部は成人している剣の使い手なら誰でも参加可能。冒険者も可と書いてある。

前部の観戦は保護者と学生のみ。後部は誰でも観戦出来る。

後部は部外者が出入りするため、学園の警備は強化されるようになっている。

ちなみに、開催前に宰相ロダンさんから学生達へ向けたお言葉があるらしい。国王様のお言葉を代理として伝えるみたいだ。

お爺様は表舞台に出る事は少ないと聞いたので、観戦もしないと思う。きっと今日も私室で、召喚獣のボッチと遊んでいるに違いない……

掲示板を眺めながらそんな光景が頭の中に浮かんでしまった。

「スミス先生も準備に参加しているのかなぁ？」

学園に来たものの……慌ただしい人の行き来に、ちょっと今日は無理かも？　と思ってしまった。

【探してみて居なかったら帰ろ……　何かいい匂いがする！】

【向こうに出店があるようです】

えー……向こうって、だいぶ遠いと思うんだけど。カルキノスの鼻、良過ぎじゃない？

腕の中で鼻をひくひくとさせているカルキノス。

イピリアは出店があるという方向をじっと眺めている。僕の目には何も見えないが……

「出店よりも先に、スミス先生を見つけなくちゃ」

【そうでしたね】

【えー】

カルキノスは不満そうだ。

用事が済んだら出店も見に行くからと話すと、機嫌が良くなった。

食いしん坊過ぎて、ちょっと今後が心配になっちゃうよ。知らない人に「ご飯あげるから」とか言われて、付いて行ったりしないだろうか……

そんな事を考えながら、行き交う人の波をすり抜け工学の教室へ向かう。

僕の容姿が珍しいからか、チラチラと視線を感じるけれども、皆忙しいのか話しかけてはこない。

それでも、足を止めたら声をかけられそうで、いそいそと小走りになった。

工学の教室が近づくにつれ、大分人が少なくなった。

これでスミス先生が教室に居なかったら、あの人ごみの中を探さないといけないのか！

普段よりも多い人の数に、想像だけで心が挫《くじ》けそうになる。

教室の前に辿り着いた時、中から話し声が聞こえた。その声がスミス先生だったので、ほっと安《あん》堵《ど》の溜め息が漏れた。

二回ノックしてから、そっと扉を開けた。

「失礼致しま……す？」

声をかけつつ扉の隙間から中を覗き込むと、中には二人いた。

ぐったりした表情をしているスミス先生と、もう片方の人は背中しか見えないけど、生徒さんだ。

教室に入ると、スミス先生と目が合ったので軽い会釈《えしゃく》をする。

僕達を見たスミス先生の表情が、ぱあっと明るくなった……のかな？　相変わらずフードで表情が見えないんだけど、一瞬先生の周りに花が見えた気がするから。

「おや……これはこれは、嬉しい方が来てくれた……吾輩、疲れが消えた」

「こんにちは！」

スミス先生は相変わらず鬱々《うつうつ》とした雰囲気なんだけど、口元は笑っている。

僕が挨拶をすると、先生と話し終えたらしい生徒さんは、僕とすれ違いながら軽い会釈をして教室から出て行った。

「えーっと、スミス先生に鉱石の事を伺いたくて来たのですが」

「吾輩、とても暇……そう、今暇になった。だから時間はある。ふむふむ……鉱石という事は、錬金術の話かな？」

「スミス先生は鉱石について詳しいですか？」

「鉱石は錬金術師ならば……知らない者は居ないだろう。昔は鉱石から染め粉を作っていたと……学んでいるはずだ。他にも、魔法を鉱石に記憶しておく事が出来ないか……研究した者達が居たらしい。が、それが完成したという記録は無かったな」

「鉱石から糸を作る――」

長期休暇の研究レポートで提出した服の話をしようとしたら、僕の言葉を遮《さえぎ》りスミス先生は興奮した様子で話し出した。

「そう！　糸！　吾輩、やはり御使《おつか》い様は素晴らしい方なのだと……吾輩が生きている間に、その御業《みわざ》が見られるとは……吾輩、生きてて良かった」

「またまた、大袈裟《おおげさ》な……」

「レポートを読み、提出されたあの服をこの手で触った時……吾輩、神に祈りを捧げた」

「祈らないでぇぇぇ!!」

神の御使い説が復活していないですか？　というか、否定したのに駄目だった感じかな？

スミス先生は僕を見る事もなく、何やら嬉々として既に僕も知っている鉱石の話を語り出してしまった。

結局鉱石の事は今も研究しているくらいに、まだまだ未知数なものらしい。しかも、鉱石から糸を作り出す方法は、まだ解明されていないとかで……逆に僕が質問攻めに遭ってしまった。

何か聞かれるたびに「この子が教えてくれたんです！」とカルキノスを指差す僕と、キラキラとした眼差しをカルキノスに向けるスミス先生。という流れを何度も繰り返した。聖獣効果で逃げ切った……はず！

†

そして工学の教室を出て、今はせっせと魔法学の教室へ向かっている。

何故かというと、いい事を思い出したからだ。

「結局何も分からなかったかぁ」

【主にしか出来ないって事は分かったね】

【主様は主様ですからね　ほっほっほ】

慰《なぐさ》めにならない言葉をありがとうカルキノス。イピリアは何が言いたいのかなー？

まぁ、カルキノスや皆が何か思い出すのを待つしかないかぁ！

鉱石から糸を作るのは、カルキノスが昔の事を思い出してくれたから出来たんだしね。

なんやかんやと話をしている内に、魔法学の教室に着いた。中の様子を窺うと人の気配は無い。

「今日は誰も使用していないみたい」

教室に鍵はついていないので、扉を開けて中へ入った。

扉を閉めた瞬間、くらりと眩暈《めまい》を感じた。

「あ、？」

【主？】

【主様？】

ほんの一瞬、くらりとした時に誰かに呼ばれたような気がしたんだけど……

額に手を添え、数回とんとんと手のひらで叩いた。

眩暈はもうなく、耳鳴りも無い。気のせいだったのかも。

「ちょっと立ち眩《くら》みしたみたい。もう大丈夫」

【風邪でしょうか？　いつもと同じように見えますが】

心配そうに僕の頬へすり寄ってきたイピリアに、大丈夫と言いながら柔らかな羽毛を頬に感じ、そっと撫でた。

抱っこしたカルキノスを降ろし、教室の真ん中で腕を組み、一巡する。

【主　何かするの？】

「ふっふっふー！　見に行けないなら、行かなくても見れる方法がある事を思い出したんだよ」

【うわー　主悪い顔してる】

「カルキノス……そんな楽しそうな顔で言わないで」

【えー？　くふくふ】

【その笑い方は駄目です……】

イピリアからのダメ出しで、自分の頬を両足でムニムニと押すカルキノス。

その行動は可愛いのに、さっきの腹黒い笑みが頭から離れない。

教室を見渡して、改めて誰も居ない事を確認した。

使うのはクレイモル王国で使用したあの魔法だ。

盗撮し放題のあの！　じゃなくて、リアル実況映画のようなあの魔法ね。

「さっそく、やってみよう」

教室の一番前に座り、机の上にカルキノスとイピリアを乗せた。そして、ちょうどいい高さに手を翳す。

前に一度使ったからなのか、僕が見たいと思っていた映像がすぐにそこに映し出された。

今回は教室からの音漏れ対策のために、音声は小さめにした。

「人が多いね……」

僕の言葉は二匹には聞こえなかったようだ。

じっと映像に集中している二匹に、クスリと笑いが漏れる。

そりゃあ驚くよね。

午前は生徒達の試合だ。映像の中では、激しく剣と剣がぶつかり合っている。それもものすごい速さで。

僕もね、驚いたんだよ？　この学園の生徒のレベルの高さに……

思い出すのは、合同課外授業で魔物を狩った時に見た皆の姿。イーサンをはじめ、武術を専攻している子はなかなかの腕前だった。

でも、その時のイーサンよりもこの選手はもっと速いし鋭い。

剣術大会、だもんなぁ。当然、強い生徒が集まってくる。

映像の中では、相手側の選手が剣を受け止めきれずに、衝撃で体ごと吹っ飛んだ。

「あぁ！」

〈あー！〉

僕もカルキノスも思わず声が出てしまった。

カルキノスは念話じゃなかった事に気が付いて、慌てて口を足で塞いでいる。

教室には僕達しかいないから、気にしなくてもいいよと言いながらカルキノスを撫でた。

イピリアを見ると、鼻息が荒い。珍しいな、と思いながらもちょっと笑ってしまう。鼻息でフンスフンスしているのが可愛くて。

映し出される剣術大会の映像を、暫く僕達は無言で見入ってしまった。

何組か見終わった頃に、見知った人物が映し出された。

僕が見た事の無い服装で、鞘に収められている剣を片手に持ったその人。

「オーウェンくん……？」

イーサンの打った剣と、ノアが作った鞘。その剣を額に当てて、彼は何か呟いた。

そしてそっと鞘から剣を抜くと、両手で構えた。それは僕が何度も見た事のある構えだった。

「頑張って!!」

僕の口からは自然と応援の声が漏れる。それはカルキノスとイピリアも同じだったようだ。

〈頑張れ！〉

〈フンスフンス！〉

若干一匹、鼻息での声援だったけど。

開始の合図が出た瞬間、僕は自分の手をぎゅうっと握りしめた。

†

父親が剣豪なのだから、息子も同じ道を進むのは当たり前だとか。

父親に教えてもらえるのだから、剣術の腕が良くて当たり前だとか。

周りからはそう言われてきた。

だが、父は俺――オーウェンに「己の決めた道へ進め」と言っただけで、剣のけの字も出さなかった。そして、剣術を何一つ教えてもくれなかった。

なのに今、俺は剣を持ち、剣術の大会にまた出ている。子供の頃に一度優勝してから、俺の道は剣の道だと思うようになった。

そうして過ごしていく内に、いつの間にか俺は道を誤っていた。驕《おご》り、周りの人間を傷つけた。

気が付けたのは、リーンオルゴットに出会ったからだ。

道を誤った代償は、友を一人失った事。

アダムとは今も会話は無い。ワイアットとは話をしているようだがな。ただ、それもワイアットが一方的に話しているだけだと言っていたが……

そういえば過《あやま》ちに気が付いた後、珍しく父が俺に言った言葉がある。

――道を誤った者の剣は遅い。

その言葉を思い出し、気を引き締めた。

何度か行われてきた剣術大会だが、この学園に入ってから一度も優勝出来た事は無かった。

つまり、そういう事なのだろう……

両手の中にある鞘に収まった剣を見る。

イーサンに頼んだこの剣。動物の皮を鞣《なめ》した鞘は、少し前から手に馴染むようになった。柄《つか》の触り心地もしっくりくる。

試合前の待機中、ふいに優しい友の顔が頭に浮かんで、心がほわっと温まった。

俺の目の前で繰り広げられる試合。

控室は個人の控室と、次の選手が控える待機室がある。今俺は待機室に居る。そこからは前の選手の試合が見えるのだが、そのさらに奥には俺の対戦相手の姿もある。

緊張からなのか、相手はずっと下を向いていた。

俺は呼吸を整えながら、目の前の試合に視線を戻す。やがて、勝敗は決まり、勝ったほうの名が呼ばれた。

剣の道を進むと決めた時、この王国の騎士を目指す事にした。誰かを守れる剣を極めたいと。

父に言われた訳でもなく、自然とそう決めたのだ。

そして、騎士に進んだ者は剣術大会で優勝した者が多い。優秀な者が選ばれるのだ。

――己の決めた道へ進め。

俺の心は、きちんと決めてくれた。後は俺がその道へ進むだけだ。

『次の選手、前へ！』

魔法で拡張された声が響く中、俺は会場へと進んだ。

半円型の会場のちょうど真ん中に、石で出来た正方形の試合エリアがある。階段を三段上ればその壇上に上がれる。一段一段、軽快に足を進める。

リーンオルゴットは、見に来られないと言っていたな……

それを残念だと感じてしまうのは、何故なのか分からないが。

だが、今日の俺にはこの特別な剣がある。剣を額に付け、ただ一言呟いた。

——心のままに。

『両者、構え！』

鞘から剣を抜いて両手で握り、何度も繰り返し練習してきた構えを取る。

この時、初めて相手の目をちゃんと見た。向こうも俺をひたと見据えている。

過去何度か、俺と当たった相手の中には、何故か始まる前から怯えた目をしていた者も居た。

だが、この者の目からは怯えは感じない。思わず、自分の口角が上がるのを感じた。

『始め！』

キンッと剣と剣がぶつかる高い音。

相手の繰り出す鋭い突きを、俺は剣で弾いていく。

この壇上で使用可能な魔法は身体強化のみ。

この石の下には特殊な魔法陣が書かれているらしい。他の魔法は、発動しても瞬時に魔法陣の上にある石が吸収してしまう。

俺は魔法は得意ではないので、何も気にならないがな。

突きを弾き返した反動で、剣が相手の左腕を掠めた。今ので俺に一ポイント入る。

両腕両足、腰と肩。何処かに当たればポイントが入り、最後はポイントの多い方が勝つ。もしくは、首元で寸止めをするか、場外まで飛ばせば試合は即終了となる。

きらりと光る切っ先が俺の頬を掠めた。首を狙われた事に、背中がゾクッとした。

すぐに反撃に出る。何度も練習してきた通り、打ち込みの瞬間に身体強化を強める。

練習の時のリーンオルゴットの言葉を思い出す。

「え？　身体強化って重ね掛け出来ないの？」

素《す》っ頓狂《とんきょう》な声でそう言ったリーンオルゴット。

俺は出来ないと言いそうになったが、改めて考えてみたらそんな事も無いような気がした。

「打ち込みの瞬間だけ、さらに身体を強化するの。そうしたらさ、打撃も重くなるよね？」

「それは、そうなんだが……」

何なんだこいつは。と、呆れそうになってハッと気が付いた。

剣術大会は身体強化しか使えないが、俺の魔力量は少なくはない事に。なら、剣の重さに耐えるために身体強化をかけながら、打ち込み時に両手をさらに強化する事は……出来なくはないのか？

試しに、といそいそとやろうとした俺に、あいつは心がこもっていない応援をよこした。

「がーんばっれー」

キッと睨みつけてやれば、愛らしい召喚獣まで手を振っている。

怒るに怒れず、行き場の無い怒りを身体強化の重ね掛けの練習に費やしたな。

俺は現実に意識を戻し、打撃が相手の剣に当たる瞬間に、両手をさらに強化した。

「はあああっ！」

ガキンッと鈍い音が響いた。

「っ！」

相手の剣が弾き飛ばされ、その瞬間に小さな呻《うめ》き声が聞こえた。

一瞬の隙を俺は見逃さない。そのまま首元に剣を突きつける。

『そこまで！　勝者、オーウェン！』

審判の声が響く中、痺《しび》れた手で剣を握り直す。そのまま鞘に納め、剣が見えるよう腕を上げた。

聞こえてきた歓声に、息を切らしながら呟いた。

——勝利を友に。

それから目の前の相手に向き直り、握手を求めた。

戸惑いと悔しさと困惑の混じった眼差しで、彼はそっと手を差し出した。俺はその手を握る。

「良い試合が出来た。あなたに感謝を」

「っ!! こちらこそ、感謝します！ あと、あと、次は負けませんからぁ、うぅ、うわぁぁぁん！」

彼はそう言いながら大粒の涙を流した。

泣かれた事に驚いたが、相手もこの日のためにただならぬ努力を重ねてきたのだろうと思い、次も勝つと笑って答えた。

何故だ……さらに泣かれたんだが。

さて、残り五試合だ。

このまま勝ち続け、優勝という名の贈り物を友に捧げてみせる。

気を引き締め直し、控室へ歩みを進めた。

†

オーウェンくんの試合を見終わり、ふーっと大きく息を吐き出す。

いつの間にか、僕の両手はぐっしょりと濡《ぬ》れていた。そっとハンカチで拭き取る。

「はぁ、僕苦手だなぁ」

〈剣が？〉

〈試合ですか？〉

同時に返事が来て、カルキノスとイピリアを交互に見る。

オーウェンくんの試合の時、僕達はかなり集中していた。それはもう、体が前のめりになる程に。

そして身体強化の重ね掛けの事を思い出して、ちょっと嬉しくて笑った。

それはそうと、僕が苦手なのは……

「知り合いの試合の応援だよー」

〈あぁ　そっちかぁ〉

予想が外れたカルキノスはつまらなそうにそう言った。イピリアはうんうんと頷いている。

ハラハラし過ぎて体に悪い。まあ、剣も苦手なんだけどね。とは言わないでおく。

〈それにしても　オーウェンは変わりましたね　何処か高貴な雰囲気がありました〉

「ん？　高貴ってどゆこと？」

イピリアの言いたい事が分からず、久しぶりの「教えて！　イピリア先生」が出た。

〈剣と自分を信じている姿ですよ　それがオーウェンの所作の一つ一つに品良く表れていました〉

「へー？」

僕には全然分からないや。

でも、いつも頑張って剣を振っていたのは知っている。

騎士の剣には型があって、それをオーウェンくんは何度も行っていた。説明してくれたんだけど、全く記憶に残ってない。

僕は剣は使わないだろうから、初めから覚える気が無かったし。で、それがばれてオーウェンくんからゲンコツを貰ったっけなぁ。

思い出して、自分の頭をさすさすと撫でた。

『――！』

「ん？」

何か言われた気がして、二匹を見つめた。が、カルキノスもイピリアもきょとんと僕を見上げているだけだった。

〈？〉

〈？〉

「あれ？　今、何か言わなかった？」

〈いえ　特に何も　何か聞こえたのですか？　カルキノスのお腹の音でしょうか〉

イピリアがカルキノスを見たから、僕もつられてそっちを見る。

その時、何か大きな力に引き寄せられるような感覚が僕の体を襲った。

「え!?」

座っているにもかかわらず、体がぐらりと揺れた。

予想もしない出来事に、僕はどうする事も出来ず床に手をついた。

地震、みたいな揺れ？

〈主？〉

〈主様？〉

不思議そうに僕を見る二匹。

あれ？　これを感じているのは僕だけって事？

なんて、不思議と頭は冷静だった。そんな事を考えていると、体の揺れは止まり何も感じなくなった。

「あ、れ？　今、揺れたよね!?」

慌てて二匹に問いかけるも、彼等は顔を見合わせて首を傾げている。って事は、やっぱり僕だけなのかい！

〈主様　試合が始まりそうですよ〉

スクリーンにはオーウェンくんの姿が映し出されている。

応援しようと口を開けた瞬間、赤い蝶が教室に入って来た。

「！」

その蝶は迷う事なく僕の目の前で止まり、すぐ声が再生された。そう、今日ここには居ないはずの人の声で。

『リーン、ワシじゃよ。ちいと緊急事態でな、ワシの所へ来とくれ』

そう言った後、赤い蝶は燃えるように消えてしまった。伝言蝶、それもお爺様からのとは。

ちらりとスクリーンを見れば、両者が構えている姿が映っていた。

オーウェンくんには悪いけど……

「お爺様の所へ行こう！　イピリア、お願い」

〈ええ　すぐに〉

魔法を消し、カルキノスを抱っこして教室を出て走る。

すれ違う人達は僕達に気が付かない程忙しそうだった。これなら、イピリアに乗って飛び立っても気が付かれないだろう。

いつもの癖で建物裏に行って、そこからは早かった。

瞬きしたらイピリアはもう大きくなっていて、僕はカルキノスを抱えて飛び乗った。

ふわりと浮いたと思ったら、振動も風も感じないまま遥か上空に居た。

イピリアも急いでくれているみたい。

お爺様は城にとは言わず、ワシの所と言っていた。城じゃないという事かと思ったけど、イピリアは真っ直ぐに城へと進んでいく。

やっぱりお城でいいのか？　と思ったら、普段は来ない一階に、イピリアがふわりと止まった。

いそいそと下りていると、何故か僕の胸はざわりとした不快感を覚える。

下りるとイピリアはすぐに小さくなった。

「お爺様は――」

〈主様　迎えが来るようです〉

何処に居るのだろう？　と言いかけたが、イピリアに遮られた。

イピリアの言う通り、こちらに向かってくる足音が聞こえてきた。

「すまぬ、助けてくれリーン」

そう話しながらお爺様が現れた。

その焦っている表情と緊張感に、僕は頷く事しか出来なかった。

そのままお爺様の後に続いていくと、来た事の無い道に入り、白い服の人達とすれ違うようになった。

そして嗅《か》ぎ慣れた薬草の香りが強くなった時、お爺様の足が扉の前で止まった。

「助けて」とお爺様に言われた事は初めてで、それにここは――

ざわざわっと全身に感じる嫌な気配。

ごくりと唾を呑んだのに喉が渇く。

心臓の鼓動が速まる。

「お爺様……」

「すまぬ、ワシのミスじゃ……すまぬ」

お爺様の言葉は、聞こえているのに耳に入ってこない感じで……

ひたすら心臓の鼓動だけが耳に響いていた。

開いた扉の中を、僕はお爺様に続き一歩一歩進む。

僕は知っている、やっぱりここは救護室だ。

くぐもった呻き声が歩くたびに聞こえてくる。

その声がだんだんハッキリ聞こえるようになり、何人もの魔法師が集まっている場所でお爺様の足が止まった。

救護室の一番奥、魔法を使うために仕切られた場所。


そこは、重傷者が居る場所だ。


僕はいつからかカルキノスを抱っこしていなくて、イピリアも肩に居なかった。

何処に――

「っ!!」

二匹を探して視線を動かした時、仕切りが開かれた。

そこから見えた姿に心臓がぎゅっとなった。

今も魔法師達が治療を施しているベッド。そう、重傷者のベッド。

その上には、包帯で全身をぐるぐるに巻かれている人が居た。

顔は半分包帯で見えない。なのに、僕はその人を知っている……

左側の目元に、ホクロが見えたから。

「回復魔法もポーションも効かんのじゃ、じゃが……魔法を使い続けねば死んでしまう」

掠れたお爺様の声。聞こえているのに、僕は反応が出来ない。

スーハーと繰り返される自分の呼吸音が、嫌に耳に響く。

僕の頭の中にちらつく、ジェンティーレ先生の姿。のほほんと微笑み、ひらひらと振られる手。

あの先生が死に瀕《ひん》している事が、信じられなかった。

「右側から強い魔法を食らっておって――」

ジェンティーレ先生の状態を僕に話すお爺様。だけど、分かる。見れば分かる。

ジェンティーレ先生の包帯の下は、右側が焼け焦げている。

ポーションと魔法で治そうとしているけれども、効果が全く表れない。

先生の意識は無さそうだけれども。

『快癒』

僕は快癒の魔法をすぐに使った。

しかし、ジェンティーレ先生の体は、再生された瞬間からまた崩れていった。

「え、」

「なんじゃと!? リーンの魔法でも治らんのか！」

ぶわりと全身から冷汗が吹き出てきた。

僕の、魔法が……効かない？　快癒魔法は僕しか使えない神の魔法だ。

え、じゃあ今この世界で使える一番効果の高い回復魔法が、効かないって事？

なら、ジェンティーレ先生は……助からない？

助からない、助からないって事は——死んじゃうって事。

そんなの、僕は嫌だ！

『快癒！　快癒！　快癒ー！』

何度も何度もジェンティーレ先生に魔法を使う。僕の魔法は、この部屋いっぱいに広がっていく。

繰り返している内に、何かに邪魔されているように感じた。

魂に、何か、いる。

僕はそう感じた。僕の魔法を食っている何かが、先生の魂にくっついているんだと。

ぽっと心に灯った怒りに僕は気が付いた。

「許さない……いや、許せない。僕の、邪魔をする者は」

そう口に出した時、僕の体から白い霧が出て広がった。

僕は、それを冷静に見ている。

体は懸命に魔法を使っているけど、不思議な事に頭の中はとても冷静だった。

そんな僕の目に見えたのは、ジェンティーレ先生の魂に絡まる黒いドロッとしたものだった。

「――いた」

見える。先生の魂が。夢じゃなく、今見えている。

薄い水色と紫が半分ずつ色をつけた魂で、ドロドロとした黒い何かに食われているように見えた。

先生の魂は蠢《うごめ》く黒い何かに食われているからなのか、徐々に小さくなっていく。

僕の手が勝手に動き、先生の魂に食らいつく黒い何かを指差した。

――ジャマダ

――キエロ

僕の口からはそんな言葉が出てきた。

黒い何かはピタリと止まり、しゅわりと溶けて消えた。

あぁ、この黒いのは呪いだ。以前、呪いを解いた時と同じ感覚がする。

そのまま僕の指は、残っている先生の魂を指差した。

――モドレ

小さくなっていた魂は、ぼうっと燃えるように一気に大きくなった。

それに伴《ともな》い、先生の肉体が再生していくのが見える。

もう、大丈夫だ。

先生を治療していた魔法師達もお爺様も、僕とジェンティーレ先生を交互に見て何か話している。

頭ではもう先生は大丈夫だと分かっている。いるんだけど、僕の心はまだ落ち着かない。

さわりさわりと嫌な感覚が、ずっと胸に残っている。

暴走している感じは無い。意識はハッキリとあるのだから。

でも、でもね、誰かが呼んでいるし……だから、僕――


「リーン!?」


僕を呼ぶお爺様の声が聞こえた。僕は今、どんな顔をしているのだろうか……

確認する事は出来なくて、どんどん視界が切り替わっていく。

森を何度も抜け、知らない町や知らない人達が見えて……

あ、これ、小さな頃もあったなぁ、なんて冷静に考えたりして。

移動している。ワープみたいな感じで。

僕の体は全く動いている感じがしないのに、視界に入る映像は物凄い速さで切り替わっている。

目が回る感じは無い。体が様々な人や物をすり抜けているようだった。

やがてそれは、見た事の無い景色の所で止まった。

あ、ここは知らない場所だけど、何処なのか分かってしまった。

あの子の――居る所だ。

†

あたしはジェンティーレ。アルペスピア王国の魔法師団員の一人で、テールレア学園の先生よ。といっても、今は学園を離れて国の任務中。もう、新学期が始まっちゃうっていうのに！

ジールフィア様の命令で、あたしは今、サルエロ王国に潜入している。悪人の魂を浄化しちゃう伝説の存在――災悪の巫女がこの国に現れたかもしれないから、探れって言うの。

でも……

「どうなっているのかしらん？」

今回の任務は、災悪の巫女が居るかどうかが分かればいいのだけど。

その災悪の巫女の情報が、全く無いと部下から報告を受けている。

おかしいわ。ジールフィア様が間違えるとは思えないのよ。なら、居ると思って行動するべきよね。

根気良く調べる事何日か。ある夜、森の中で野営をしている時だった。部下から「居た」と報告が来たのは。

野営をしていた場所からそう遠くない。王城からちょっと離れていたけれど。

家のような……社《やしろ》と言っていた所だわ。

息を潜め、気配を消し、報告してきた部下の唇を読む。

『巫女　地下　結界消えた　今　入れる』ね、指で丸を作りさらに指示を出す。

地下へはあっさりと入れた。

見張りも居たが、魔法師ではないようで姿の見えないあたし達をあっさり通してしまった。

お馬鹿さんね！　あたしの部下だったら……ふふふっ。

それにしても、ここは広いわね……

いくつもある通路。その道の中に、王城へ続く道がある事を確認した。

あたし達は全員で八人。その内、地下に入っていない者が二人いる。何かあった時のために残してきた。

身を隠しながら、巫女が居る場所へ辿り着いた。

けど、その巫女は酷い状態だったの。

座ったままでも分かる細い手足、長い黒髪。

着替えるところで、付添人っぽい子が顔を隠している布を外したわ。

思わず、声が出そうになった。

顔にある傷跡は、両目を潰した事を物語っていた。女の子の顔に傷を付けるなんて、最低だわ！

自分でしちゃったなら仕方が無いけど……え!?　あの子、立てないじゃない！

自分が見ている光景が信じられなくて、一瞬魔法で幻覚でも見させられているのかと思ったわ。

この場に居る六人全員が視線を逸らした。

災悪の巫女と恐れられている少女は歩けず、手洗いへも付添人に連れて行ってもらう。

その姿に、災悪とはとても言えなくなってしまった。

出される食事は質素だし、体は自由が利かないし、何を恐れたらいいのか。

まぁ、力は最悪なんだけど！

付添人は何か欲しいものは無いか、何かしたい事は無いかと巫女に聞いている。でも、巫女は「大丈夫、ありがとう」と返事をするだけだった。

再び結界を張れないよう妨害の魔法をこっそり施して、あたし達は地下から出た。


これは駄目よ、これはないわ。

巫女の存在を確認してから、あたしたちは彼女の事を調べた。出入りする者を眠らせて魔法で聞き出したり、地下に潜入して中の様子を探ったり。

そうして分かったのは、巫女は自分の意志でああなった訳ではない事。

王の指示でここに監禁されている事。

側仕《そばづか》え、付添人の言う事に従っているだけだって事。

あたしとしては、彼女を一時的にでもアルペスピア王国で保護してあげたかった。ここは酷い国だし、それにリーンならば彼女を治せるような気がしたの。スミスの呪いをあの子が解いた、という話もあるし。

最初の侵入から三日後の朝、あたし達は再び地下に来ていた。

そろそろ結界が張り直されちゃうだろうし、ジールフィア様に報告する前に、何とかあの巫女と話をしたかった。

でも、運悪く魔法師が来てしまった。さすがに彼らの目は誤魔化せないから一時退却しなきゃだわ。六人全員に退却の指示を出した瞬間、部下が巫女に服を掴まれた。

そのくらい近くに、いつの間にか巫女は居た。

「誰？」

「！」

あたしも部下も青ざめる。

「侵入者あり！　魔法師よ！　誰か、すぐに来て!!」

付添人の叫ぶ声で、侵入が発覚してしまった。でも、すぐに外の二名の元に行けるはずだった。

現れた魔法師が、側に巫女が居るのに魔法を使わなければ。

あろうことか、そいつは結界魔法を巫女ごとかけてきた。

「貴様ら、俺の結界をなめるなよ？　くっくっく、解除すれば……貴様の命に呪いがつく」

やられた！

巫女を巻き込む事になる。解除に時間もかかる……あたし——ピンチだわ！

「魔法解除はあたしが。皆は防御魔法展開、二重でね？　その子にもお願いよ」

素早く指示を出してからそっと巫女を見ると、何が起こっているのか全く分かっていない様子。

どーしたものかしら？

色々と腹立たしいから、皆許してあげない！

結界の解除をしながら、炎と氷の魔法を天井に向けて放った。

「壊れてしまえばいい。全て『破壊』せよ」

思いっきり魔力を込めたから、ドーンッと大きな音と共に煙が舞った。

天井が崩れて、ぽかりと開いた穴からは空が顔を覗かせている。

ちょっとスッキリした、わっ!?

——ボンッ！

「ぎゃあああっ！」

何が起こったのかはあたしにしか分からなかったと思う。結界を解除した瞬間、あたしの体が半分爆発した。

崩れ落ちる体を部下が支えてくれた、でもおかしい……部下の手は既に血まみれで——

最後に視界に入ったのは、部下達と巫女の体からも大量の血が噴き出しているところだった。

ジールフィア様、あたし、こんな失敗は初めてだ、わ……

耳障《みみざわ》りな声が聞こえた。

「ただの結界だと思ったのか。これだから知能の低い魔法師は困る。くっくっく」

奴の言っていた「呪い」ってやつの事かしら……結界と一緒に解いたつもりだったけど、向こうの方が上手《うわて》だったわね……

『帰還』

「なっ⁉」

部下が古代魔法の札を使った声が聞こえた。

アルペスピア王国のジールフィア様の元へと繋がる帰還魔法。

札を持っている者を全員、強制的に帰還させる。つまり、巫女は残してしまう事になるが……

その後あたしの耳は、何も聞こえなくなった。

†

視界が安定した僕は、周りを見渡す。

ここと、ジェンティーレ先生は関係しているのかな？

瓦礫《がれき》の山と倒れた木、明らかに戦闘があったように見える。少し離れた所にはお城があった。

僕は、自分の体を通して、まるで映画でも見ているような気分だった。

僕の意識とは関係無く動く体が、自分のものとは思えなかったから。

「な、なんなんだこのガキは！」

「今、何が!?」

「おいおい、今度は子供かよ」

僕に何か言ってくる人達。武器を構え、ヘラヘラとした笑みを浮かべている。

この人達の魂は真っ黒だし、こっちに向かってくる人もいるなぁ。

それにこの大地。物凄い悪意を僕に向けてきている。

――センテイシロ

そうこう考えている内に、僕の意識とは別で、体が勝手に魔法を使った。

センテイって選定？　どんな魔法だか分からないけど、空から沢山の光が落ちてきた。

これは僕の魔法？　魔法を使っている感じがしないけど。

光を浴びて、目の前に居た人達がバタバタと倒れていく。黒い魂がそこから抜けていくのが見えたけど、何も感情が湧かなかった。

僕の体が進む方向に、女の人が居る。

その人が抱きかかえている子は、青い魂をしていて、金色の粉が周りで舞っているのが見えた。

そうその子だよ。聖女だよ、ね⁉

魂を見た瞬間、物凄い量の情報が流れ込んできた。

彼女が今まで何をして、何をされてきたのか。どばーっと頭の中に映像が流れてきた。

その映像の酷さに負の感情が沸々《ふつふつ》と湧いてくる。

センテイ？　の魔法を使った後で良かったと思う。そうじゃなきゃ、サルエロ王国の全てを消してしまっていたかも。

この国の王の命令で、巫女は両目を剣で切られ、両脚の腱《けん》も切られていた。

そして爆発に巻き込まれ、今瀬死の状態だった。

既に息が止まりかけているし。

死んじゃいそうだよ、全て治してあげて、僕！

――モドレ

僕がそう魂に告げると、その子の体は光り輝いた。

数秒輝いただけで、全回復したようだ。

意識が戻ったのか、立ち上がり、周りをキョロキョロと見渡した。

「巫女様！」

「！」
先程抱きかかえていたあの女の人が、あの子に抱きついた。
えんえんと泣いているように見える。
あ、あの子が僕に気が付いた。
ハッとする程綺麗な金色の目が僕を見つけた。
金色の目？　そういえば、聖獣の元の瞳も金色だったなぁ。
長い髪の毛が風に遊ばれている。
服装が少し和風に感じるのは、僕に日本人の記憶があるからだろうか。
耳にかけた髪の毛は、これまた綺麗な黒色。太陽の光の反射で、所々は白くも見える。
柔らかな声が僕の耳に届く。
「ありがとう神様」
そう言って微笑んだその子は、祈るように手を組んだ。
はあああ!?　かーみーさーまー？
何言ってんのさぁ！　僕はリーンオルゴットだよ！
人間なんだよーー！
――セイジョ

僕が出した言葉に、あの子の瞳が大きくなる。
その瞬間、リンッと鈴のような音が聞こえた。
僕と見つめ合っている、あの子の魂が変化したのが見えた。
金色の粉が無くなり、青い色だけになった。
綺麗だなーって思っていたら、彼女の目からハラリハラリと涙が落ちていった。

――アルペスピアニ――オマエノ――

ん？　んん!?
嘘でしょ？　自分の言葉なのに全く聞こえなくなった！
サイレントムービーを見ているようだ……
僕はあの子にまだ何か話している。
あの子は目を逸らさず、僕の目を見ている。
流れていた涙はもう無かった。
笑っているのか時々俯き……でも、その後に見える、細くなった目尻が可愛かった。
あの子の頭がすっと下がる。お辞儀をされたようだ。

隣に居る女の人も膝をつき俯いている。

ぼんやりと、僕の周りが歪み始めた。

あぁ、時間なのか。もうちょっとあの子を見ていたかったけど……

僕はお爺様の所に戻るんだと、それが分かった。

だんだん視界が切り替わり、完全に真っ白になった。

いつの間にか、三匹の聖獣が僕の側に居た。何故か魂だけの姿になっていたけれども。

ただいまと伝えようと思った瞬間、お爺様の泣きそうな顔と、わんわん泣いているジェンティーレ先生が視界に入った。

もう、戻って来たんだ……

あー、良かったなぁ。ジェンティーレ先生が元気になっている。

心がほわっと温まり、僕の視界はそこで暗転した――

今までにない力の使い方をしたからなのか分からないが、その後僕は、半年近く寝込んでしまった。

半年の眠りから目覚めた僕は、大きく成長していた！

なんて事は無く、僕の成長期さんはまだ……

「ん？　あれ？」

少しばかり、着た服の袖が短く感じる。

ちょっとは大きくなったみたいだ。ほんとちょっとだけど！

†

さて、目覚めてからの僕は、大変だった……

主に、聖獣達からの説明やらお小言《こごと》やらで。

僕が倒れた後に、色々とあったようです。

僕は王城で倒れてしまったので家には帰れず、お爺様は客室の一つを僕専用の部屋にして看病してくれた。

魂の姿になっていた聖獣達は、僕が目を覚ます一月前にようやく元の姿に戻れたらしい。

どうやら僕は、体にかなりの負担がかかる力の使い方をしたようです。

三匹を代表してそうイピリアが話してくれた。

僕が救護室からあの子の所へ行った時には、彼らは既に魂だけになっていたらしい。

剣術大会を見ていたアクリスは、僕の異変を感じてすぐに二匹の所へ。駆けつけた時にはもう魂になっていた。

アクリスは力が抜ける感覚があったと言っていたので、僕がこの子達の力を吸い取ってしまったのかもしれない。

要は、体に見合わない力を使った反動で、僕の体は回復するまで目覚める事が出来なかったようです。

力が安定したから、三匹は姿が元に戻ったって事だね～？　いきなり体を奪ってしまって、ごめんよ。

それでも、僕はそこからさらに一月は起きなかったって事だ。

父様と母様からは、お爺様の悪口を沢山聞きました！

どうやら、何故かこのタイミングで次の王がお兄様に決定したとの発表もあったらしく、そのせいで慌ただしいし僕は起きないし、全てお爺様が悪いと文句を言っていた。

不思議な事に、僕は半年近く寝込んでいたのに、目覚めた瞬間からそれまでと何も変わらず普通に起き上がれた。

体もすこぶる元気で、筋肉も以前と何も変わらなかった。元々筋肉無いけどね……

ご飯は食べていなかったけど、姉様がポーションを飲ませてくれていたそうだ。

そのおかげなのか、起きてすぐにご飯を食べられたよ……おかわりもしてね。

姉様は無事古代語を覚えられて、様々な服と下着を作ったらしい。

既に何点か販売されているようで、とても人気だとか。

もう姉様に全て丸投げでもいいのかもしれない、と思ってしまった。


僕が寝込んでいた時、お見舞いという名のイベントがあったらしい。

心優しき友人達は、手紙や花を持って僕の様子を見に訪ねてきてくれた。

皆が行ったのは僕の家だから、会う事は出来なかったし、王城に居ると伝えても、皆が王城へ来れる訳もなく。

まあ、家に居る事になっていたらしいけどね！

面会は出来ないと伝えるのは心苦しかったと、父様も母様も言っていたなぁ。

皆の顔が浮かんでは消え、浮かんでは消え、その度に僕の心は感動と感謝で埋め尽くされる。

早く会いたいが、やる事があるから……終わったら「心配してくれてありがとう」と「ごめんね」を伝えるんだ。

それに、オーウェンくんが優勝したって聞いたから「おめでとう」も伝えたい。

「さてと、お風呂も入ったしー」

〈行きましょうか〉

〈行くのか〉

〈レッツゴーだよ〉

いつものようにカルキノスを抱っこして、肩にはイピリアが居て、アクリスはてちてちと前を歩いている。

半年も寝ていたとは思えない程、いつもと変わらない僕の姿。

「ふんふんふーん♪　ふふんふーん♪」

鼻歌を歌いながらずんずんと歩く僕は今、お爺様の部屋に向かっている。

ジェンティーレ先生とお爺様に会うために。

〈主　ご機嫌〉

〈お可愛らしい歌です　ほっほっほ〉

〈え　音痴《おんち》ではないか？〉

「え！　僕音痴なの？」

アクリスの意外な一言が引っかかり、聞き返してしまった。

小さなアクリスは振り返りながら、前足で耳をてしてしと掻いた……掻いた！

余りにも可愛いアクリスの行動に、僕は一瞬で真顔になり見つめる。

途端にアクリスの尻尾が、むわっと膨れた。

「……」

〈なんだ？　悪寒《おかん》がしたぞ〉

キョロキョロと辺りを見渡して警戒し出したアクリス。

僕はその横をすり抜け、また歩き出した。

あの可愛い一瞬は、僕の心のアルバムにしまっておこう！

〈ちょ　ちょっとは待たんか！〉

わたわたと追いかけてくるアクリスを待たずに、僕はずんずんと進む。

「ふんふんふーん♪」

〈ほっほっほ〉

〈くふくふ　主こわーい〉

皆が何か言っているけれど、気にしなーい！

鼻歌交じりに歩いていると、お爺様のお部屋が見えてきた。

おや？

いつもならロダンさんが扉の前に居るのに、今日は騎士の人が立っているだけだ。ロダンさんも中に居るのだろうか。

僕が扉の前に着くと、騎士の人は扉をノックした。

数秒後に中に入る許可が出ると、騎士の人が扉を開けてくれた。

「ありがとうございます」

お辞儀した騎士の人は顔を上げる事は無かったけど、僕は気にせずに中に入った。

部屋に入ると、お爺様とジェンティーレ先生の二人しか居なかった。ソファーに座るお爺様の後ろに先生が立っている。

きょろきょろと見渡しても、ロダンさんの姿は無い。

「あれ～？」

いつも居る人が居ないと、何故か不安になる。

お爺様は何処か元気が無いし。

かくれんぼの魔法とか使ったのかな？

「ささ、早くこっちにいらっしゃいな～」

手招きして僕達を呼ぶジェンティーレ先生。

うん。前と変わらない。手をひらひらさせて微笑むその姿に、ほっとした。

「お爺様、ロダンさんは居ないのですか？」

そう話しながら、てててと歩いてお爺様の側へ行く。

アクリスは座っているお爺様の膝にちゃっかり乗った。

そんなアクリスを数回撫で、お爺様は「うんざりしている」とでも言いたそうなお顔になった。

「ロダンは王位継承の準備のために、今レーモンドの側についておるんじゃ。リーンや～、ワシは今、書類の多さにうんざりしておる」

嫌じゃ嫌じゃと子供のように不貞腐れているお爺様。

ジェンティーレ先生にそれをケラケラと笑われていて、僕は何とも言えない気持ちになった。

「まだまだ元気なのに、退位したいとか言い出すから～、ロダン様が怒り爆発しちゃって～」

「えっ！」

それは初耳の情報だ。

「だってワシ……」

お爺様はしょぼーんと沈んでいるけど、ジェンティーレ先生はものすっごく楽しそう。

何なのこの両極端な二人は。

〈変わりませんね　ほっほっほ〉

「だねぇ？」

なんだか気が抜けちゃったよ。

まあ、元気なジェンティーレ先生が見れて良かったけどさ。

〈お腹すいた〉

「おおう、そうじゃった。こんな事を話すために呼んだのではない」

「そうよそうよ～」

カルキノスの呟きが、いい感じに皆を現実に戻してくれたようだ。

お爺様の向かいに座った僕は、カルキノスのためにインベントリから何個かお菓子を取り出して渡す。

嬉しそうなカルキノスを隣に座らせて、僕はお爺様へ向き直った。

肩に居たイピリアはそのままに。

「まずは、あたしから」

ジェンティーレ先生が話してくれるようだ。

深々と頭を下げたジェンティーレ先生は、少しだけ顔を上げて話し出した。

その表情は見た事の無い真剣なもので、美形の見た目も相まってなーんか王子様っぽいなーなんて思ってしまった。

「この度は、多大なる迷惑をお掛けした事、申し訳ありませんでした。この場にて謝罪致します。また、貴重な魔法にて命を救って頂き、誠にありがとうございました。感謝してもし切れないこの御恩、生涯《しょうがい》の忠誠にて代えさせて頂きます」

「――へ？」

先生が余りに普段と違い過ぎるので、僕は間抜けな声が出てしまった。

んとんと、取りあえず仕切り直した方がいい？

「んんんっ！　えーっと……」

言われた事の意味が分からなくて、目が泳いでしまう。

先生の言葉は、僕の耳を右から左へと通り過ぎてしまって……

「ぶほっ！」

「ちょ、お爺様⁉」

いきなり吹き出して笑い出したお爺様にあたふたしていると、ジェンティーレ先生からも「いやだ～、んもぉ～」と笑い声が聞こえた。

これは……僕が笑われているんだよね？

何故か肩に居るイピリアの気配が、同じく笑っているようだし。

でも今、物凄く重大な事を言われた気がする。

凄い事を言われたって事だけしか分からなかったけれども！

ひとしきり笑った二人は、大きな深呼吸と共に落ち着いた。と、思うけど……お爺様は、その表情だとまだちょっと駄目だと思うよ。

「謝罪と感謝を伝えたかったのよ。まぁ、公式な記録には残らないけどね～」

「あ、あぁ。なーんだ、びっくりした」

そんな事だったのか、と安堵の溜め息が出た。

救護室で僕は、ジェンティーレ先生の部下達も全員治療したらしい。だから先生が代表してお礼を言ってくれた……という事みたいだ。

なんかもっと小難しい事を言っていたような気がしたけど。

「本当は第三者の証人が居る、公式の書状を作って伝えたかったんだけど〜、ジールフィア様が、それは駄目だとおっしゃられてねぇ〜」

「駄目じゃろて。リーンのした事が記録に残ったら、大変な事になるじゃろが」

〈英雄　いえ　世界の理《ことわり》を無視出来る存在　つまり　神と崇められてもおかしくないでしょうね〉

「はぁ？　イ、イピリア？」

イピリアが神って言った！

んんん？　今、僕を神って言ったんだよね？

「げー……」

僕が嫌そうな顔をしたら、見ていたお爺様がまた笑い出した。

神とかそんな扱いされて、喜べるはずがないじゃんか。

ぺっぺっ、嫌過ぎる！

「うふふっ、神を冒涜《ぼうとく》するような行為を平気でするとか……かわい子ちゃんの頭の中が一体どうなっているのか、気になるじゃなぁ〜い？」

「ひっ！」

ジェンティーレ先生の怪しげな視線を感じて、僕は全身に鳥肌がたった。

精神的なダメージを受けた気分。

〈げふ　主ープリン食べたいなぁ？〉

「カルキノス……」

今思いっきりゲップしていたのに、まだ食べる気でいるの？

いそいそとインベントリからプリンを出している僕も僕だけど！

「まぁ、そんな話は後よ後～、ジールフィア様の話の方が大変だからねん」

「えー、まだあるのー」

お爺様からの話があると分かっているけども、僕は既にちょっと疲れてしまった。

ジェンティーレ先生と会うと、こう、何て言うか、疲労がじわじわと攻めてくるような。うん、どうでもいいか。

「そう嫌そうな顔をされるとのぅ、ワシ、話しにくいんじゃが……」

「あ、はい。申し訳ありません」

「そう畏まられるとのぅ、ワシ、話しにくいんじゃが？」

「……」

ギリッと歯軋《はぎし》りしてしまったのは、しょうがないと思うんだ。

だってお爺様……め・ん・ど・く・さ・い！

ロダンさんが居ないからなのか、いつもの数倍面倒なんですけど。

ジェンティーレ先生もお爺様からは見えないからって、表情が死んでいるんですけど。

助けてーロダンさーーん!!

僕の祈りが届いたのか、部屋の扉がノックされた。

開いた扉から入って来たのは、もちろんにこにこと微笑んでいるロダンさん！

おぉ！　神がここに！

「ジールフィア様？　伝言蝶という素晴らしい魔法があるのですが、何故それを使わずにただの紙の切れ端に大切な用件をお書きになったのでしょうか？」

ロダンさんはにこにこと微笑みながら、物凄く低い声で淡々と話す。

彼が冷気を纏っているように感じるのは何故だろう。

おぉう、神は、とてもお怒りだった……

ロダンさんが来たところで、やっとこさお爺様から……いや、やはりロダンさんが話すようだ。

お見苦しいところを見せ、失礼致しました。と、いつものロダンさんに戻ってから本題に移った。

「リーンオルゴット様がお倒れになられてから、二月くらい経った頃でしょうか。サルエロ王国から『巫女』と呼ばれる方と付添人数名が、アルペスピア王国へいらっしゃいました。今も、賓客《ひんきゃく》として、この王城に滞在しておられますよ」

「へー？」

にこにこと微笑んで僕を見ているロダンさん。

その微笑みが表情通りのものに感じられないのは、さっきの衝撃が残っているからかな？

一応微笑み返しておく。

「その巫女様は、リーンオルゴット様に来るように言われたと、仰っていましたが？」

え？　僕、あの子にそんな事言ったっけ？

変わらず微笑みを向けてくるロダンさんから、得体の知れない圧を感じるのはきっと気のせい。

「うーん？」

「リーンオルゴット様と名指しされた訳ではありません。巫女様が話された方の特徴が、リーンオルゴット様と一致しております。ですから、確認が取れるまで滞在して頂いています」

「あの時の僕は、体が勝手に行動していたから――あ！」

色々合点がいき、僕は自分があの時どんな状態で、どう動いていたのかを説明した。

そして、確かに僕はあの子と何か話をしたが、途中から声も聞こえない状態になり、その後お爺様の所へ戻った事も話した。

「……」

話し終えると、三人は黙り込んでしまった。

肩に居たイピリアが僕の膝にぴょんっと降りてきた。

〈主様　きっとそれはトランス状態だったのではないでしょうか〉

「トランス？」

〈ええ　主様ならその言葉も分かるかと〉

「トランス状態ね。あぁ、そゆこと？」

普通とはかけ離れた精神状態で、意識も別の存在になっていたようだし、間違いじゃないかも。

こういう時、聖獣達と前世の知識を共有しているのが役に立つな。

〈以前は意識が飛んでいましたので　今回そうならなかったのは成長という事なのでしょう　ただまだその時ではなかったため　肉体の疲労が限界になり　回復に半年費やす事になったのかと思います〉

「そう、なのかなぁ？」

自分の事なのに、どうしてかよくわからないんだよなぁ。

イピリアの青い瞳を見ながら、ぼんやりとそう考えてしまった。

〈でもそうなると　主は成長したら　その力が普通に使える事になるね？〉

「はっ！」

「「っ！」」

カルキノスの言葉でハッとした僕と、息を呑んだ他三名。

僕が人外みたいな反応、やめてくれるかな？

ちゃんと生きている人間ですから！

思わず、お爺様達にじっとりとした視線を向けてしまった。

だが虚《むな》しい事に、カルキノスの言葉がトドメを刺してしまった。

〈やっぱりこの世界　主次第だね　くふくふ〉

カ・ル・キ・ノ・ス・の・確・信・犯!!

今の絶対わざと言ったでしょ。

その笑いが出た時は、腹黒い事をしているか考えている時だもの！

隣に居るカルキノスをキッと睨んだが、彼は両手を口に添えてそっぽを向いていた。

〈今更だろうが　我よりも強い時点で分かっている事だな〉

ア・ク・リ・ス・お・ま・え・も・か！

今まで話も聞いていない様子だったアクリスが、瀕死の僕に追い打ちをかけてきた。

向かいに座っているお爺様の膝の上から、寝言のような口ぶりで言ってくれましたよ。

言うだけ言って狸寝入りをして、僕と目を合わせないし。

「皆酷いなぁ。僕が人間じゃないみたいに言うなんて、僕すっごく傷ついたよぉ？」

三匹とも、覚えててね？

家に帰ったら、たっぷりとお仕置きするから。

カルキノスとアクリスは小さな体がプルプルと震え、イピリアは自分もなのかとソワソワしている。

「まぁ、あの子には会いたかったから丁度いいし。あの時の僕がどうだったのかは、成長したらわかるって事でもういいよ」

若干投げやりに言ってしまうのは、怒っているからじゃない。僕に成長期さんがやって来なければ進展しない話なので、気が遠くなったのだ。

「リーンや……そう簡単に終わらせていいんかのぅ？　何かとてつもない事を聞いた気がするんじゃが」

「僕がどう成長しようが、要はその力は使い方次第って事でしょ？　お爺様」

「おおっ！　そうじゃな。よく分かっておるの～」

「お爺様の孫だからっ」

ドヤ顔してみた。

どんなに強い力も使い方次第だとお爺様から教わった。

僕が道を踏み外さないように、と心を傾けてくれる人が沢山居る。その期待を裏切るつもりは無い。

イピリアが言った、「その時」が来たらどうなるのかちょっと気になるけど、きっと大丈夫だと自分を信じよう。

仕切り直すようにロダンさんが咳払いをした。

「こっほん！　では、例の巫女様もお呼びして話をしましょう」

「そうじゃな。ティーレや、迎えに行ってこ～い」

「んまっ！　まぁた適当に命令するんだからっ、酷いわ～」

ロダンさんが行くのかと思ったら、ジェンティーレ先生だった。

お爺様達三人のワイワイとしたやり取りを見ながら、クスクスと笑ってしまった。

あえてふざけて見せて、僕が気にしないようにしてくれたんだろう。


ジェンティーレ先生が部屋を出てから、僕はロダンさんからサルエロ王国の話を聞く事になった。

僕が降らせた光の矢は、以前の戦場と同じように黒い魂を消した。

その黒い魂の中には、サルエロ王国の国王のものも入っていたらしい。

まぁ、そうだろうとは思っていたけど。流れ込んできたあの子の記憶からすると、とんでもない人だったみたいだし。

死んじゃった国王は、あの子の事を〝神の巫女〟と呼んでいた。魂に溜まった穢《けが》れを祓《はら》い、無かった事に出来るからだ。まさに神の御業《みわざ》、という訳だね。

そしてその力を自由に使えるよう、巫女を管理する事にした。

そのやり方は——巫女の両脚の筋を切って歩けなくし、自由を奪う事。あの美しい金色の瞳は、気味が悪いと潰された。

自分では立てず、何も見えない状態では誰かが世話をするしかない。

巫女の自由はこうして奪われ、国が彼女を管理するようになった。すべては王の指示で。

たとえその巫女が黒髪の忌み子《いご》だったとしても、彼にとっては重要な存在だった。自由を奪い、視界を奪い、だが世話係をつけて、地下では自由に過ごせるようにと。国のために使えるからと丁重な扱いをしていた。そう、王からしたら、これは丁重な扱いに入るのだ。

そしてあの日、ジェンティーレ先生と王の部下が交戦し、ああなったという訳だ。

サルエロ王国の国王の家族や親族達の中では、四番目のお孫さんだけ生き残った。

他は全滅で、唯一の後継者のその男の子が王位を引き継いだ。

しかも、なんとあの巫女は新国王の妹……要は前国王の孫娘なんだけど、なのにあの仕打ちとは。

どうやら、国王の血筋はその四番目以外は駄目人間だったようだね。

ただ、あの土地はちょっとおかしい。

悪意が溜まりやすいように思う。土の下には何か居るように感じたし。巫女の囚われていた施設の近くにあった城は王城だというから、その下に理由がありそうだ。

それに、祈りの力がかなり弱い。多分、前に聖獣達が言っていた、祈りの力が水となって巡る〝地脈〟が無いんだと思う……

ロダンさんの話を聞きながら、僕はあの時に感じた事を思い出していた。

色々と思い出していく内に、ふと思い浮かんだ。

聖女――トランス状態の僕は巫女を聖女と呼んでいた――の力は、〝悪〟を無かった事にする。

それは、あそこの大地に使うべきではないのかと。

それが本当の用途だとしたら、今までずっと使い方を間違えていたって事じゃない？　根拠は無いけど僕にはそう思えてしまう。

消えた古《いにしえ》の歴史、そして一定の周期で現れる災悪の巫女。

僕や聖女の存在ってもしかして……おかしくなった世界を修復するために居るのかな？

カルキノスが言った、この世界は僕次第ってその事を指していたり？

でもなぁ、カルキノス達聖獣の記憶も禁書に封印されているから、それを知っている訳じゃないだろうし。

聖獣としてのカンみたいなものがそう言わせたのか、僕の考え過ぎなのか。

あの子は、何か知っているのかな……

——トントン。

扉がノックされる。

「入れ」

お爺様が許可を出し、扉が開くと、僕の心臓の鼓動がドキドキと速くなった。

見えてきた姿に何処かホッとする半面、ジェンティーレ先生があの子の手を引いて連れてきたのを見て……胸がモヤッとした。

「サルエロ王国から参りました、ローレンと申します」

聞こえてきた声に、聞き惚《ほ》れてしまった。

あの時も聞いたはずなのに、今、初めてちゃんと聞こえた気がした。

「あらぁ～ん？」

ハッとジェンティーレ先生を見ると、ニヤリと口元を歪め、何か言いたげな様子だった。

あの時よりも、あの子は少しふっくらとしていて、僕の視線が定まらない。

お爺様とあの子……ローレンさんが何か話をしていて、僕は金色の目が綺麗だなと思った。

「か、わ、い、こ、ちゃ、ん？」

「……なんですか、ジェンティーレ先生」

僕の側までやって来て肩をトントンと叩くその手に、ちょっといらっとした。

むっふーと微笑んだジェンティーレ先生を見上げて……見上げて？

「あわわっ！」

僕だけ座ったままな事に、今気が付いた。

慌てて立ち上がると、ロダンさんが厳しい視線を飛ばしてくる。

居心地が悪くて、ジェンティーレ先生の後ろにさっと隠れた。

【主　あの子　僕達と似てるね？】

そんな念話がカルキノスから来た。

やはり、あの時の僕が感じた通り、聖女なのだろう。聖なる存在だと、聖獣も感じているに違いない。

「こちらがリーンオルゴット様です。巫女様の仰っていた御方かと思いますが……」

「こ、こんにちは！」

ロダンさんに紹介されて、心臓がドキッとしてちょっと噛んだ。

普段と同じにしようと思えば思う程、何故か上手くいかない。

「こんにちは神さ……リーンオルゴット様。先日は、助けて頂き誠にありがとうございました」

「ははは……」

今、神様って言いそうになったよね!?

何事も無かったように続けたけど。

「あの時の僕は、僕であって僕ではなくて……えっとね、どう言えばいいんだろう？」

「……？」

お互いに首を傾げたまま、暫く沈黙が続いた。

どう説明したものかと悩んだけど。

結局お爺様達に話したように、体が勝手に動いていた状態で、でも意識はしっかりとあったから、一応覚えてはいる事を伝えた。

ローレンさんとの会話だけ聞こえなくて、内容が分からない事も。

「まぁ、あれじゃな……ひとまず、座って落ち着こうかの～」

ゆる～いお爺様の一言。お爺様、もう少しだけ国王様らしい姿になって欲しかった。

「そうですね。では、こちらへお掛けください」

しっかりした口調のロダンさんの勧めで、皆さっき居た場所に戻った。

僕はカルキノスの隣に座る。向かいにはお爺様と横にアクリスが。

カルキノスのその横に、ローレンさんが座った。

ローレンさん……カルキノスに触ろうと手が行ったり来たりしている。

分かるよ。僕の子達は、可愛いもの！

「触っても大丈夫だよ？」

「え」

「ねー？　カルキノス」

〈別にいいよ〉

「しゃべっ!!　生きてっ！　ぬいぐ！」

あー、ローレンさん、相当驚いたんだな。

わなわなと震え、高揚《こうよう》しているのか頬が赤いし、しかも片言になっているよ。

じっとしていたから、カルキノスがぬいぐるみに見えたんだろうなぁ。

「この子は聖獣のカルキノスだよ」

よっ！　ってな感じで片手を上げたカルキノス。

「うっ……」

その仕草がローレンさんの心臓を撃ち抜いたみたい。

彼女は胸を押さえて震えながらも、上げられたカルキノスの手を掴んだ。

「こっちが聖獣イピリアで、そっちに居るのが聖獣アクリスだよ」

それぞれ三聖獣を紹介した。

アクリスだけ無反応だったけど、僕の膝の上に来たイピリアは可愛い挨拶をしてくれた。

ローレンさんは瞳をうるうるさせ、はあはあと荒い呼吸で……

あぁ、この人、可愛いもの大好きな人だ。

ちょっと変態っぽい反応に感じるのは、気のせいじゃなさそう。

可愛いもんね、小さい姿の聖獣達は。

小さな声で「もふもふ。柔らか」って言っているの、僕にも聞こえていますよー？

ひとしきり堪能したのか、カルキノスを撫でる手が止まった。

「……失礼いたしました」

ローレンさんは俯きがちにそう言った。

お爺様もロダンさんも、ジェンティーレ先生も皆いいものを見たって感じで微笑んでいる。

「落ち着いたようじゃから、話をしようかの……ロダンが」

「はぁ。では、私の方から現状の二国間の関係からお話しいたしましょう」

ロダンさんの話が始まる瞬間、僕は魔法の気配を感じてジェンティーレ先生を見た。これは遮音《しゃおん》の魔法だ。

バッチンッと音が鳴りそうな程、これ見よがしなウィンクをして見せたジェンティーレ先生。

相変わらず、魔法の発動が滑らかで凄い。

先生の方も、後遺症はなさそうだ。

ロダンさんは先程僕が受けた説明に加え、政治的な話もした。

長い間鎖国状態にあったサルエロ王国はかなりの機能不全に陥《おちい》り、なし崩し的に各国との国交が復活しつつあるらしい。

ローレンさんの外遊《がいゆう》は、彼女本人やアルペスピア王国の働きかけがあって実現したんだとか。彼女の出国を積極的に禁じそうな人は概ね命を落としてしまったので、それを利用した頭脳プレーだった訳ね。

ただ、統治機能が麻痺しているとなると、当然、情報統制も利かないので……

「まぁ、あれですね……サルエロ王国の内情は他国に筒抜けとなりました。ですが、災悪の巫女の情報だけはそれでも全く漏れてきませんでしたので、内密に調査させて頂きました」

「さいあくの、巫女……とは、やはり私の事なのでしょうか？」

ローレンさんは不安げに聞く。

世界に災いを呼ぶ、最悪な力を持っている巫女。それが自分だと言われるのは、嫌なものだよね。

そこで僕が口を挟む。

「その事なんだけどね、僕は、ローレンさんは聖女なんだと思う。聖なる存在の特徴はね、金色の目。聖獣の元の目の色と、同じなんだ」

皆が皆、聖獣達を見た。

聖獣にも何か言って欲しいのかもしれない。

〈少し違うな　我等は聖獣　この世界の最も聖なる存在なのだ　だがそいつは人間だ　我等と似た存在にはならない〉

「うん？」

アクリスの言っている事が、よく分からなかった！

獣と人間だから違う存在って言いたいのかな？

生き物の管理はアクリスが担当なんだから、もっとちゃんと説明して欲しい。

【主　ローレンを鑑定してみて】

カルキノスに言われて、僕はコッソリとローレンさんを鑑定してみた。

内容は、ローレン・サルビエラがフルネームで、他は「？」が並んでいる。一番下にアレ――称号があった。

称号――導かれるべき者

導かれるべき者の意味が分からない。と、思ったらさらに詳しく出てきた。

導かれるべき者――心正しき者の導きにより、正しい称号を得る者

ね、カルキノス。こう出たんだけど、どう思う？

【まだどんな存在なのか確定してないって事　アクリスが言っているのは　僕達は神が任命した事で　聖獣としてもうこの世界に確定されているけど　ローレンはそうじゃないから　僕達とは違う存在だって事だよー】

「ううん？　何だかごちゃごちゃしてきた……聖獣と聖女、聖女にはまだなってない？　正しいアレ《称号》を得るって何？」

「あの、もしもーし……」

「不確定な存在と、確定された存在……誰が確定する？　神様の力？」

「あ、あの……」

「でも、導くのって僕っぽいし。どうしたら確定するのかな？」

考えが纏まらない。もう少し、ちゃんと考えないと。

ローレンさんの存在がどうなるのかは、力の使い方が関係しているみたいだし。

「リーンオルゴット様は、こうなられてしまうと、暫くは何も聞こえない状態になりますので、続きの話を致しましょう」

〈主様　仲間外れになってしまいますよ〉

「僕が仲間外れってどうして！　……え」

イピリアの声でハッとして考えるのをやめたら、皆が僕を見ていた。

両手で包み込むようにイピリアを持っているから、手が温かい！　って、そうじゃなくて。

「考えるのはええ事じゃが、今は話をする時じゃからのぅ」

「はい……」

考え事に没頭しちゃうの、良くないなぁ。

分かっているんだけど、気になると止められなくて。

「では、情報の確認と照合を進めていきましょう」

ロダンさんの仕切り直しで、また情報のやり取りが始まった。

僕は話を聞きながら、心ここに在らずだった。

ローレンさんに禁書の事をいつ聞こう？　聞くタイミングが見つからないんだよなぁ。

僕の頭の中は、その事でいっぱいだった。

実は夢でローレンさんの魂と出会った時から、彼女が禁書に関わりがあると何となく感じていた。

夢の細部を頑張って思い出した結果、それは確信に近づき、今では禁書の在り処にまで見当がついている。それが合っているのかどうかは、彼女に聞けば分かるはずなんだ。

でも、今僕がローレンさんに禁書や称号の話をすれば、お爺様達も聞く事になる。それがいい事なのか、分からない。

称号は特に駄目だと思う。ただでさえ〝災悪の巫女〟とか〝神の巫女〟のせいで嫌な思いをしてるんだから、これ以上彼女に特別な役割を押しつけたくない。

本人にこっそりと伝えるならまだ分かるけど、それも僕はなんか嫌だ！　僕が自分の称号を嫌っているからかもだけど、知らない方がいいと思う。

む、難しい……どうしよう？

禁書の話をして、お爺様や先生を巻き込んでもいいのかなぁ。記憶が欠落していて、聖獣達すら知らない話なんだけど。

うーん……考えれば考える程、神様が僕に仕掛けた試練的な何かな感じがする。

どう考えても、今回のこれは僕にしか出来ないような事が多過ぎるんじゃない？

ん？　元々転生者にやらせるつもりで、僕がやる羽目になったのはたまたまなのかもしれないか？　僕が生まれる前から、災悪の巫女は居たんだから。何度かトライしていてもおかしくない。

いやいやいや。それでも今回は僕が気が付いてしまったのだから、正しい道に進ませないと。サルエロ王国の地下に居る何かを浄化する。それがきっと正しい道だ。ただ、そこまで大掛かりな事になると、僕一人では導けないのも確か。皆の協力が必要だ。

そうなると、禁書の話も皆に教えないと駄目そうだな。サルエロ王国の地下に何が居るのかとか、その辺りの情報は禁書にあると思われる。そこを調べてから臨みたい。

そうこう考えている内に、皆はサルエロ王国の情報を確認し終えたらしい。

ローレンさんはスッと隣に居る僕を見た。

「あのー……リーンオルゴット様？　私に禁書の封印を解除する手伝いをして欲しいと仰っていましたが、いつからしたらよろしいので？」

「！」

禁書の話、出ちゃった！　しかも、僕、そんな事頼んでたの!?

口を開けたまま、言われた言葉が頭の中をぐるぐると回る。

「禁書……？　何でしょうかそれは」

ロダンさんが聞き逃してくれる訳もなく、しっかりと聞き返してきた。

チラチラと他の皆を見ると、キラリと目を輝かせているお爺様と先生の姿が。

「あぁ、先程は私と交わした話は聞き取れなかったと、言っておられましたが。禁書の事も聞こえなかったのでしょうか？」

「うん？　いや、それは聞こえなかったけど知っているというか、アレの話は、そのー……」

ローレンさん、禁書禁書言い過ぎだよ。

そんな軽々しく言葉に出していいもんじゃないと思うんだけどな！

いざ禁書の話が出ると、どうしたものかと悩んでしまう。

「リーンや～？　き・ん・しょ、とはのぅ、楽しそうな響きが聞こえたんじゃが」

「かわい子ちゃぁん？　一人で楽しそうな事、しようとしていたのかしらん？」

「ひっ！」

ずずいと顔を寄せてきた二人。

その目が笑っていないのが怖くて、ごくりと唾を呑み込んだ。

「ふむふむ。そちらの二名が反応するところを見ますと……私、アルペスピア王国の宰相たるこのロダンが、きちんと話を聞かないといけませんね？」

ロダンさんがまたも冷気を纏っているように見える。笑顔が怖いし、ロダンさんが僕の近くに来るとちょっと寒いもの。

ちらりと聖獣達を見る。聞かせても大丈夫なのか、この子達の方も不安なんだけど。

カルキノスはお腹一杯でぽやぽやとして眠そうだ。耳がぴくぴく動いているからアクリスは寝たふりだな。イピリアはいつの間にか僕の手の中で寝ていた。まあ、仕方無い。言ってしまえ。

「禁書ね、はいはい。お話しします……が、話をしてどうなるかは分かりませんよ？　それに、その前に僕がサルエロ王国で感じたアレコレもお話ししますから、三人とも、ちょっと離れてくださ い！」

ささっと元の場所に戻る三人に、苦笑いが出るよ。

禁書の話を隠してきた僕としては、悩んでしまうけれども。

僕の予想だと禁書はもう近くまで来ているから、話すしかないんだ。

「まずね、あの日、僕がサルエロ王国の大地に足を付けた時、大地に祈りの力がほぼ無い事に気が付いたんだ。魔法が、効きにくい。そのかわりなのか、呪力《じゅりょく》みたいな、負の力を感じた。それに、王城の下に何か居たんだよ。僕に悪意を向けてくる、何かが、ね。その事に気が付いて、巫女の存在の意味を知ったというか、実はこうなんじゃないかなーっていうある予想をしたんだ。巫女の、災悪の巫女の力ってどんなものですか？」

そこまで話して、ロダンさんを見た。

「悪を無に、溜まった悪を無かった事にする力です」

僕の意図が伝わったのか、ロダンさんは答えてくれた。

僕はその答えに、うんうんと首を縦に振る。

「うん。そうだったよね。その力はさ、本当は王城の下に居る何かに使うんじゃない？　僕がローレンさんを聖女と言ったのは、目の色だけが理由じゃない。世界に溜まっている負や悪を無かった事にする、つまり浄化する力を持っていると考えたからなんだ。この世界を綺麗に変えてくれる、聖なる力を持った巫女だと思ったんだよね」

実際には聖女だと感じたのが先で、理由は後から考えついたんだけど、ややこしいのでそれは割愛。

「私が……私の力で、世界が……」

ローレンさんは僕の話が衝撃的だったのか、自分の両手をぼーっと見ている。

いきなり世界規模の話をしたから、しょうがないんだろうけど。

大袈裟だけど、この推理は間違いじゃない気がする。

「ほう。そのような力だったとしたら、今までは使い方を間違えていた事になるんじゃやな？」

「うん。一定の周期で現れる巫女。今までの彼女達も、本当はこの世界の浄化のために現れていたんじゃないかな」

ただ、悪意を持っている人達からしたら、その力はとても利用し甲斐があったんだ。

それに、一定の周期で現れるとか、いかにもシステムっぽいよ。

神様がこの世界の救済のためにそうしたと思えなくもない。

お爺様は思う事があったのか、考え込んでしまった。

「でね、禁書は今の話とは関係無いとも言えないんだ。この世界には、消されてしまった歴史があって――」

「ま、待ってください！」

「うん？」

ロダンさんに話を止められてしまい、どうしたのかと首を傾げる。

ロダンさんはジェンティーレ先生とこそこそ話をして、深呼吸してから僕へと向き直った。

「どうしてそのように思われたのですか？　リーンオルゴット様には、それが真実に思えるのかもしれませんが、私は、書物で災悪の巫女の話を何度も読みました。ですから、どうも世界のために現れているとは信じがたいのです」

ロダンさんは真剣な表情だ。

荒唐無稽《こうとうむけい》過ぎたのかなー？　でも、話している内に、僕にはそうだとしか思えなくなっていた。

「僕がそう思えたのは、サルエロ王国へ行ったからっていうのもあるんだけど。じゃあ、ロダンさんはさ、ローレンさんが力を使う時に、側に居て確認したらいいんじゃない？」

「ですが、もしも間違いだった場合は」

「その時は僕も居るから大丈夫！　何かあったら止めるよ。僕の力が凄いのはロダンさんも知ってるでしょ？」

ロダンさんはまだ納得出来ない様子だ。

本当に大丈夫なんだけどなぁ？　ローレンさんが本当に悪者ならば、わざわざ僕の誘いに乗ってここに来ないと思うんだよね。自覚の無い悪って可能性もゼロではないけど。

「ロダンや、リーンの思うようにさせるといい」

「ティーレも大丈夫と言いましたけど、私は最後まで疑わせて頂きますよ」

あ、なんだか宰相っぽい言葉。いや、実際に宰相なんだけど。

疑うのも仕事だよね。皆がそうだと信じて行動して、結果間違いだった時、ロダンさんみたいな人が一番対処が早いんだ。

ましてや、お爺様は特に僕に甘いしね！

「それでいいんじゃないかな？　もしも僕が間違った選択をしていたならば、ロダンさんが気が付いてくれるって事だもんねー？」

「そうじゃな。ロダンの考えも、良い判断と言えよう」

お爺様と顔を見合わせて、ねー？　ってやっていたら、お爺様がロダンさんに睨まれていた。

僕はそっと視線を外した……

「私も自分の事なのに実感がありません、ですが……そうであったら、どんなに嬉しい事か」

「きっと大丈夫。僕はローレンさんの魂が綺麗な事を知っているし」

「そう言われますと、ちょっと恥ずかしいです」

ローレンさんが両手で胸を押さえたから、この子は自分が魂を見られた事を分かっているんだなぁと、思った。が、僕はこの時うっかりミスをしていた。

「魂……そうよ、かわい子ちゃん。魂が見えているのよね～？」

「あ、魂の事言っちゃった！」

今更口を押さえても、もう遅かった！

ジェンティーレ先生に言われて、魂が見えるようになった経緯を話す羽目になった。

そんな僕に、カルキノスはじっとりとした視線を向けてきた。

人外っぽい存在だね、と視線が物語っている。

僕は微笑みながら、柔らかいカルキノスの頬をムニムニと摘まんだ。

ロダンさんは納得のいった様子で感心していた。

「そうだったのですね……魂が見えたから、巫女が悪い存在ではないと分かったのですね？」

「それもあるけど、はじめからそんな気がしていたの」

「そ、そうですか……」

魂の話、もっとはじめの方にするべきだった？

ロダンさんの反応を見るに、そんな感じがする。でも、話す気は無かったからなぁ。

「それと、ジェンティーレ先生の魂も見ちゃった！　見たから治療出来たんだけどね」

「いやぁん！」

「……」

想像通りの反応ありがとう……ニヤニヤしながら、無い胸を隠すようにしている。

先生のその行動は、予想出来たよ。

「しかし、あれじゃの。リーンはあっちゅう間によう分からん力に目覚めるのぅ？　ワシの孫、最強じゃてな！　ふぉっふぉっふぉ」

「ちょっとぉ～、あたしへのツッコミが無いんですけど～？」

「まだ信じられませんが、何とか理解出来ました。ですが、その事は余りお話しにならないよう、お気を付けください。皆さんも、どうかご内密にお願い致します」

見事にスルーされた先生は、しくしくと泣いている。涙、出てないけど。

何だか、皆がいつも通り過ぎて、ちょっと笑えてしまった。

「ふふふっ！」

「あー、ほら、笑われてますよ？」

僕も笑ったけど、隣に居るローレンさんは声も出ちゃったようだ。

皆恥ずかしそうにしているけど、僕はこの優しい時間にこそ幸せを感じる。

「そうそう。禁書なんだけど。まずはね、クレイモル王国の書庫へ行ったのが始まりだったんだ――」

僕は出来るだけ、禁書の事を話した。

クレイモル王国でおかしな体験をして、禁書の存在を知って。

調べていく内に、その禁書にはこの世界の歴史が封印されているらしい事や、聖獣の記憶も封印されている事などを話した。

家にある鉢植えさんから聞いた話も全て。

「それから暫くしたら、夢の中で魂を見るようになって、その時にローレンさんの魂を見たんだ。その綺麗な魂が禁書と関わりがあると、ふとそう感じたんだ。不思議だけど、僕には何故か分かったの」

「それで……私に会いに来るようにと、言葉を残したと」

「まぁ、その時の僕は、僕じゃない感じだったけどね。でも、ローレンさんも禁書の事、知っているんでしょ？」

「そのような物があるとは存じませんでした。けど、私が見た夢の中に大きな本が出てきた事がありました……多分、あれが禁書なのですね」

腑に落ちた。という様子で、ローレンさんは何度も頷いた。

そしてハッとして、両手で口を塞いだ。

「もしや……私が夢に見たという事は、その禁書は……あの、間違いでしたら申し訳ないのですが」

「そうなんだよね～……ローレンさんが来てくれて、とても助かったんだけど。どうやって取り出そう？」

「ではやはり――私の中にあるのでしょうか」

「うん。ローレンさんの魂を見た時、青色の周りに金色の粉が見えたんだ。今思うと、その金色の粉が禁書だったんじゃないかな。でも、僕がサルエロ王国に行ったあの時、聖女と初めて呼んだあの時に、リンッて鈴のような音が聞こえて……金色の粉がローレンさんの中に溶け込んじゃったの」

どうしたものかねー？　ってローレンさんと二人で悩んでいたら、しーんと部屋の中が静かな事に気が付いた。

パッと聖獣達を見ると、三匹とも寝ていた。

お爺様達を見たら、三人共ぽかーんとしている。

「どうかしたのですかー？」

三人共どうしちゃったんだろう？

まさか、禁書の話をしたから、副作用的な何かが起こったとか⁉

「あら……あたしだけかと思ったら、お二人も話についていけてないみたいで、取り敢えず良かったわ」

フリーズの魔法にかかったかのようだったけど、先生が溜め息交じりに返事をくれた。

「え！　僕の話、分からなかったの？　何処からー？」

ちゃんと聞いてくれていると思ったのに！

一体何処から分からなかったのさ。

無表情だったロダンさんが、ハンカチで顔を拭っている。

一通り拭いてさっぱりとしたのか、咳払いの後、にこやかに微笑む。

「何処から、と聞かれましても。本の魔物やら、木が喋るやら、魂の誕生を見たとか……全てが理解出来ないのです」

「えー？　どうして？　お爺様は分かるよねー？」

ロダンさんは話の最初の方から理解出来なかったみたい。

一生懸命話したのに。ちぇっ。お爺様は大丈夫だよね？

期待を込めてお爺様を見ると、ふにゃりとその口がだらしなく緩んだ……

「ワシは、リーンが凄い事は分かっておる。ワシの孫、天才じゃてな！」

お爺様は抱きつこうと嬉々として両手を広げた。

僕はむすっと頬を膨らませて、プイッと顔を逸らした。

今求めてるの、そーゆーのじゃないから。ふん。

「木は喋るもん。父様にも前に教えたのに。知らないなんて、皆ダメダメだね」

「そういえば、アルフォンスがそのような事を言っておったの。ふむ……そうじゃのぅ、リーンだからおかしな話ではないんじゃが、ちと色々といっぺんに聞いたせいじゃな」

「そうね、あたしも色々経験はしてきたけど、ここまで不思議体験は多くないわよ」

「私は……まだ目が回るようです」

一気に色々話したせいか、三人共情報処理に時間がかかっているようだ。

確かに、不思議体験がいっぱいだもん。そりゃ、困惑しちゃうかぁ。

僕はいつもの事だから、慣れているけど。

聖獣達が寝ちゃったのは、退屈だったからか、それとも別の理由があるのか判断しかねる。前も、禁書関連の話になると不自然に反応が鈍くなる事があったんだよなぁ。

「ちと、休憩じゃな」

お爺様のその一言で、一旦休憩を取る事に。

王城のメイドさん達が、軽食と飲み物を運んできた。皆でそれを食べつつ、ちょっとした交流会みたいになった。

お爺様はロダンさんに、書庫へ行って歴史関係の本の確認をするよう頼んでいた。

ロダンさんは止める間もなく、部屋から出て行ってしまった。

歴史が無くなっている事を誰も知らないんだから、調べても意味が無いんだけどなぁ。

お爺様はその後、ジェンティーレ先生と僕が話した事をもう一度確認し合っている。

ふと、ジェンティーレ先生の魂を見た時の事を思い出した。紫色が混ざっていたけど、紫色ってどんな属性だろう？　聞くタイミングがあったら聞いてみよう。

そういえば、結構色々と話しちゃったなぁ。

禁書やら、魂を見てしまうやら、僕は普通に過ごしているだけなんだけど。確かに、色々あり過ぎる。聖獣が側に居る事自体、もう普通じゃないんだけどね。

そんな事を考えていたら、隣から肩をトントンとされ、ローレンさんに話しかけられた。

「あの、禁書の事なのですが。私の夢の中に入る事が可能でしたら、禁書まで案内が出来る気がするのですが」

「夢の中？　あ、そっか。その手があった！」

「思い返してみれば、ここ数日は、本が関わった夢を見ているような気がします」

「あー、もしかしたら、僕の近くに居たからなのかも。僕が禁書に関わっているから、僕の気配につられてもおかしくないからねぇ」

僕は禁書を開ける資格みたいなものを持っている。だから、禁書の方に反応があってもおかしくはない。

「あらあら～？　それって、『夢渡り』の魔法じゃな～い？」

「え！　ジェンティーレ先生、その魔法を知っているんですか」

「知っているのは限られた人のみね。ちょっとだけ、ヒミツのお話をしましょうか」

先生は人差し指を口元に添えて、ウィンクした。

格好いい顔の人が、そんな乙女な行動をしたので、ローレンさんは固まっている。

これが通常のジェンティーレ先生なので、僕は特に反応せず、話の続きを待つ。

ジェンティーレ先生は僕達の間に入り、少し顔を寄せて来る。

さらりと流れ落ちる金髪からは、フローラルな香りがした……

「王族の家系には、夢に関した固有魔法を持つ者が多いのよ？　その固有魔法を持っている者が王位に就いた時、国は特に栄えるの。この王国では特に、ね」

「夢……固有魔法」

僕はそれを持っている人に心当たりがある。僕の――兄様だ。

兄様に似合っていると思ったあの魔法『眠り姫』も、夢を見る固有魔法って言っていた。

「夢の固有魔法を持つ者は、賢王《けんおう》の血が濃い先祖返りって言われているのよ？　賢王とは誰でしょう～？　はい、そこのかわい子ちゃん」

「魔法を授けてくださった、魔法神様《まほうしん》です！」

ビシッと手を挙げてハッキリと答える。

ジェンティーレ先生に「声を少し小さく」というという意味で、しーっというジェスチャーを貰った。解せぬ。

「はい、せいか～い。いい子いい子。賢王はアルペスピア王国の王だったから、この国が魔法の発祥《はっしょう》の地として有名なのよね。あらやだ、素敵！　で、その子孫が居ないと思う？」

一人芝居を間に挟みながら、先生の話は続く。

「という事は、僕も賢王様の遠い子孫的な存在？」

「はい、またまた正解～、いい子いい子してあげるわ」

わしゃわしゃと頭を撫で繰り回され、髪の毛がもさっと乱れた。

リーンオルゴット・ルーナ・アルペスピアが僕のフルネームだ。

アルペスピアは、この王国の王族である事を示している。

お爺様も僕も、賢王の子孫なのか。だいぶ遠い子孫だろうけど。

「公《おおやけ》には言わないから、み～んな忘れがちなのよね。でね、何代目かの王に『夢渡り』っていう魔法を使う方が居たと、魔法師達の研究所でそんな本を読んだ事があるわ。確か……ん、んん！

やり方も載っていたと思うから、ちょっと取りに行ってくるわねん」

「あ！　せんせーーい！」

ジェンティーレ先生はささっと、消えるようにこの場を去っていった。

僕の手が、虚しく宙を掻く。

「あれだね……先生、やり方見たのに忘れちゃったんだね」

「あ、ですから探しに行かれたのですね……ふふ」

小さく笑ったローレンさん。

僕は少し、ジェンティーレ先生の立ち去り方が恥ずかしかった。

とても慌てて行っちゃったから。

「この、アルペスピア王国は、とても良い所ですね？　人々は優しく、笑みを絶やさないです。私の黒い髪を見ても、嫌悪感を出さない。とても、色々と豊か」

ローレンさんは金色の瞳を細めて、遠くを見ているように話す。その頬を薔薇色《ばらいろ》に染めて。

心からそう思っている事が伝わってくる表情だった。

「あ、今のはちょっと訛《なま》ったね。僕にはサルエロ王国生まれの友達が居るから、言葉に気を付けなくても大丈夫だよ」

「……頑張って覚えたのですが、気が緩むと少し出ます」

「いいのいいの。僕にそんな気を使わなくて。僕はね～、黒い髪は綺麗だと思うし、目の色も素敵だなって思ってる。神秘的だよね～」

言ってから、話に出した友人・ナタリーの事を思い出した。髪色を褒めたら、泣かれちゃったんだよね。

ローレンさんが泣き出さないか、ハラハラしながら見ると、

「不思議な方ですね」

と言って笑っていた。

ほっとしたけど、今までで一番の笑顔だったからちょっと照れる。

「お友達の、名前なんですか？」

「ナタリアだよ。ナタリーって皆呼んでる。あのね、ナタリーも黒い髪だったんだけど、誕生日に不思議な事が起こってね――」

ローレンさんに、ナタリーの誕生日に、彼女の髪色が黒から緑になった話をしてみた。

僕って不思議体験がやっぱり多いよねって笑いながら、友達の話を沢山した。

ローレンさんは僕の話を聞きながら、驚いたり、時折声を出して笑う。

反応してくれるのが楽しくて、僕はいっぱい話をする。

ローレンさんと話していると、視界の隅でお爺様が優しく微笑んでこちらを見ていた。

「でねでね、カルキノスってば、ご飯の事ばかり――」

〈ご　ごあん　食べる〉

「⁉」

ご飯という単語に反応して、寝ていたカルキノスが起きた。

目を擦りながら、ご飯くださいって言うから、ローレンさんと顔を見合わせて笑う。

そんなカルキノスに、軽食の残りのハムサンドをあげると、さっそくもぐもぐと食べ始めた。

そこからは、僕の子達自慢で可愛さ溢れる聖獣達の話を。

僕が魔法で再誕させたから、今は僕の容姿に似ているけど、元は金色の目だったから、ローレンさんと一緒だねって伝えると驚いていた。

張り切って話していたからか、途中でイピリアを起こしてしまったけど。

そんな話をしていると、ロダンさんが戻って来て、その後すぐにジェンティーレ先生も戻って来た。

「揃ったようじゃから、話を再開しようかの」

「待ってぇ、もう少し休憩させて欲しいのだけど〜」

「ティーレは放っておこう。さて、ロダン」

その言葉通りに、先生は暫く放置らしい。

急いで戻って来てたからぐったりしている。休憩させてもらえるのは良かったけど、何だか可哀想だ……

ロダンさんが早速報告を始めた。

「私の方で歴史関係の書物を調べましたが、特に気になる事は無かったです。抜けている部分も無かったです」

「あー……あの、調べても意味が無いですよ？　皆、消えてる事すら分からないんですよ。誰の記憶にも元から無いから、書きようが無いの」

「では、私の労力は……」

「うんと、でも、確認は必要だったのかなー？　多分」

僕のフォローにお爺様が乗っかる。

「そうじゃな。何事も確認が大事じゃてな。無駄な事など何も無い」

「そうですか？　本当にそうですか？」

「うんうん」

訝しげなロダンさんに、お爺様と僕は、二人で大きく頷いた。

決して、言うタイミングを逃したとか思ってないです。

心の中で、謝っているとかないです……嘘です、ごめんなさい！

でもでも、やっぱり無い事は分かったから、ありがとうロダンさん！

謝罪と感謝をしながら、大きく大きく頷いた。

「いつから無いのか、僕にも分からないんだよね。こればかりは禁書を見てみるしかない」

「して、禁書はどうするんじゃ？　ティーレ」

いつの間にか復活している先生が、お爺様に呼ばれて、嬉しそうに本を出した。

「歴代の王の固有魔法の記録書よ～。極秘の本だから、読ませてあげられないけどねん」

腰に手を当て、もう片方の手を頬に添え「オホホホ」と高笑い。

うん。悪役令嬢っぽいそれも、前にヴィーがやってくれた方のが可愛かったです。

「読みたいなぁ、気になるなぁ……」

「すまんのぅ。訓練された魔法師しか読めないようになっておるから、これぱかりはワシにも開ける事が出来ないんじゃてな」

「ふふん、いいもん。世の中には知らない方がいい事もあるって、分かってるもんねー」

強がってみたものの、固有魔法とかとっても気になっちゃうけど！

ここは我慢だ。ぐぐ、勝ち誇っているジェンティーレ先生の顔が憎たらしい。

イケメン乙女めっ！　足の小指をタンスにぶつける呪いを——

〈のわ⁉　敵か？　我は今物凄い悪寒を感じたのだが〉

「……」

飛び起きたアクリスの尾が、膨れてもわっとしていた。

キョロキョロと僕達を見ているアクリス。

僕は黙ったまま、知らない振りをした。

「それで、その本にどうすればいいのか載っていたんですよね？」

「そ、そうね。何か嫌な予感もしたんだけれど〜？　んま、今はこっちよね」

そう話して先生は本を開いた。

ペラペラとページを捲る手が止まる。『夢渡り』の魔法が載っている箇所を見つけたようだ。

「あ、はいはい。なるほどね〜。夢を共有する者達がする事は、隣に寄り添い寝る事と〜？　あら……薬が必要みたい。聖水って何かしらん？　それに、第三者が魔法を使うようだから、色々と準備が必要そうね〜」

本に指を挟んで、首を傾げる先生。

僕は聖水って単語に聞き覚えがあった。

「聖水、聖なる水。何処かで聞いたような……」

〈森の図書館の中にあるよ　濃度が高いから　大量に飲んだら毒になるけど〉

「はっ！　あの図書館の泉がそうだったね」

〈地脈はカルキノスが把握していますからね〉

学園の敷地の中にある、森の図書館。その中に泉があった。カルキノスが〝祈りの力〟が濃縮された、聖なる水だと言っていたのを思い出す。

まさか、あれが必要になるとは……

お爺様達に、森の図書館の中にある泉の事を話した。

ジェンティーレ先生と会った事のある、森の中の大きな図書館だ。

「そう言えば、あったわね？　あたしもあそこはよく行くのだけど。見た事があるから分かるわ」

思い出したのか、小刻みに頷く先生。

〈小瓶くらいの量で十分だよ　余り　人の体には良いものじゃないから〉

あの時カルキノスは、確か、コップ一杯くらいなら大丈夫って言っていたけど、今回はさらに小さな入れ物にした方が良いと教えてくれた。

「では、物の用意もある事じゃし、今日はここまでじゃな」

「そのようですね。日を改めて、夢渡りの魔法を行いましょう」

「はーい！」

やっぱり、誰かに……ううん、ここに居る皆だからこそ、話をして良かった。

僕だけだったら夢渡りの魔法がある事を知らなかったし、どうしたらいいのかと途方に暮れていただろう。

それに、お爺様はいつも僕の味方をしてくれる。

まぁ、僕がそれに甘えているのだけど。
二、三日もあれば準備出来るとの事なので、僕はそのまま王城で待機する事に。
ローレンさんも同じく、王城に滞在する。

その後は解散となり、僕達は、お爺様からの連絡を待つ事となった。

それから三日後に、お爺様の伝言蝶が僕に準備が整った事を伝えに来た。

王城にある客室の一つを、夢渡りを行う場所にするという。そこは、僕の居る部屋から三つ程離れた所だった。

僕の部屋でパズルをしている聖獣三匹はそのまま部屋に置いてきた。

禁書の事だと、どうしても僕は聖獣達の事が気になってしまうから。禁書に集中するためにも、丁度いいかな。

部屋で聖獣達と昼食を取って、その後、とことこ歩いて三つ離れた部屋に向かう。

扉をノックして中に入ると、部屋の中は昼間なのに薄暗く、香《こう》を焚《た》いているのか花の香りが漂っていた。

「お待たせしました？」

キョロキョロと中を確認すると、ジェンティーレ先生が居た。

いつもと違う服装に、一瞬誰かと思ったけど。

「ふっふっふ。準備は出来ているわよ〜」

怪しく手招きしている先生。

先生が手を動かす度に、着ている服の袖がキラリキラリと光る。

その服装は、スミス先生が着ているような、フードの付いたローブだ。

鑑定してみると、ミスリルの糸が使われていて、使用する魔法の効果を高める『魔法効果アップ』の付与が施されていた。

僕がじっと見過ぎたせいか、先生がそのローブの事を教えてくれる。

「このだっさい服はね、儀式専用の服なのよぉ。かなりの年代物ね。魔法師団でも、特別な魔法を使う時にしか着る事は無いわ～」

「その服、かなり強い魔法が付与されていますよ？　きっと、凄い人が作った代物でしょうね」

「え～、これが？　ださくて嫌なんだけどぉ」

鑑定で、神様が作った物だと出ていますよ。

それをださいと言うジェンティーレ先生。知らないって凄い。

神様を冒涜しましたね？　先生も僕の仲間になりましたよ、今。

大きなベッドに近づくと、既にローレンさんが寝ていた。

「あ、れ？」

ベッドの縁《ふち》に座り、もう寝ているのかと先生に視線を向ける。

「先に夢の中に行ってもらっているの。君はこれを飲んで、あたしのかける魔法で寝てもらうわよ～」

と、小さな小瓶を手渡された。

これがあの泉の聖水かと、小瓶をまじまじと見てしまった。

部屋の中が薄暗いからよく見えないけど、ただの水に見える。それをそのままグイッと飲んだ。

味は無いけど、水が喉を通り、胃に届くのが分かる。

ちょっとお腹がぽかぽかしてきた。

「この子の隣に寝てね？」

先生に言われるまま、ローレンさんの隣に寝る。

この魔法について説明する先生の声が、僕の耳に届く。

「夢渡りはね、先に寝ている人の夢の中に入り込む魔法なのよ。今は聖水の力で、互いの祈りの力が強くなっている状態だわ。君は、この子の事を考えなくても、聖水のおかげで互いの心が引かれ合うようになっているって事よ～」

ジェンティーレ先生の説明って、どうして分かりやすいんだろう？

カールベニット先生よりも、僕には分かりやすくて、それに音が……


——リン、リン。


鈴の、音。

あぁ、これは……僕が禁書に呼ばれている音なのか。

『この者を呼ぶ声に誘われ　引き寄せ合う心　互いに夢の世界で再び出会う　――夢を渡れ』

魔法の詠唱が聞こえ、僕はぽやぽやとしていた意識のまま眠ってしまう。

耳には、ずっと鈴の音が聞こえていた。


――リン、リンと鳴る鈴の音。


僕はいつの間にか、長い長い螺旋《らせん》階段を上っている。

辺りはぼんやりと黒い霧がかかっていて、ハッキリと見えない。

ただひたすら、階段を上っているだけだ。

ここは、何処だろう？

階段を上るたびに黒い霧が広がっていく。

壁？　いや、これは……本？　壁だと思ったそこには、沢山の本が並んでいる。

上を見ると、延々とそれが続いていた。

疲れないからずっと上っていられるけど、いつまで続くの？　同じ景色で飽きてきたし、ぼんやりしていた僕の意識が、段々ハッキリしてきた。

「禁書を……じゃなくて、ローレンさんを探さないと」

あ、声が出た。

夢の中でも、声を出せるんだね。

あれ？　いつだったか、同じように夢の中で喋っていた事があったような気がする。

思い出そうとして、上るのをやめた。

——リン！　リン！

「うっわ、うるさいなぁ。呼んでいるのなら、そっちからこーい！」

また耳元で大きな鈴の音がした。

うるさい！　と思うと心がざわついた。

両手で耳を押さえ、上を睨む。

すると、螺旋階段がゴゴゴゴゴと揺れて、一冊の本が上からポトリと落ちてきた。

「おん？」

いきなり揺れてさらにイライラした僕は、その本を蹴ろうとした。そしてふと、違和感を覚えて蹴るのを躊躇《ためら》う。

何かがおかしい。

僕ってこんなにイライラしやすかったっけ？

「す～、はぁ～……」

大きく深呼吸をして、気持ちを落ち着かせる。

こういう時は、鼻歌を歌って気分転換しよう！

「ふんふんふーん♪」

本を手に取り小脇に抱え、ルンルンッと気分を変えるように、小走りで階段を駆け上る。

上るにつれて、視界が広くなってきた。

「ローレンさーん？　居ませんかー」

と、たまには呼んでみよう。

ここは、ローレンさんの夢の中なのだから。

空は青く、風は軽やかに流れ、あの綺麗な黒髪が靡《なび》いている眺めを想像しよう。

いいよね、黒髪って！

同じ景色が続いているから、どのくらい上まで来たのか分からないけど、視界ははじめよりも格段に開けてきている。

トントンと軽快に上っていくと、一段ごとの幅が広くなってきた。

上を向くと、階段の終わりが見えた。

「お、あそこがゴールかな？」

どうやら頂上まで来られたようだ。

上る階段が無くなり、開けた場所に着いた。

「はい！　到着～……ん？」

一番上まで来たら、奥の方に祭壇《さいだん》のようなものがある。

その台座の上に横たわる黒髪の人が居た。

きっとあれは、ローレンさんだ。

台座に近づくと、僕が持っていた本が宙に浮いた。

「お？」

勝手に手から離れて宙に浮き、ローレンさんの上でペラペラとページが捲れる。

暫く様子を見ていると、ローレンさんの体から黒い霧が出て、その本に吸い込まれていく。霧を吸い込んだ本は、どんどん大きくなって、僕の身長を追い越した。

「成長期さん、どんだけ頑張るの？」

大きく分厚くなった姿を見て、思わず出た言葉がそれだった。僕の成長期さんは行方不明なのに、どうして君はそんなにも急に大きくなれるのさ。

やがて本は閉じられ、金の表紙へと変わった。

宙に浮いたままだけど。

「君が禁書、だね？」

僕の問いに答えるかのように、その本が開いた。

黒い霧を纏いながら、開かれたページは眩《まばゆ》く白い光を放って——僕は目を閉じた。

目を閉じているのに、まるでその場に居て、見ているように、景色が頭の中に流れ込んでくる。

その本の物語が始まった。

そう、これは——神様が居た時代の物語。

余りの情報量に、頭を押さえながら蹲《うずくま》る事しか出来なかった。

「うう、何してんのさ、神様の、あほ……」

禁書の中には、やっぱり「禁じられた書」の名にふさわしい事しか載っていなかった。

異世界召喚に始まり、世界戦争、どれもこれも……神様の失敗ばかりの物語だ。


世界が創られた頃、神は人の傍に居ました。神の少しの慈悲《じひ》から人に自我が芽生え、やがて欲望が生まれます。

欲望塗《まみ》れになる人々に神は心を痛め、人とは哀れなる生き物だと嘆きました。

そして手を差し伸べる慈悲を無くし、神は人の傍から消えてしまったのです。


僕が小さな頃に読んだ本の一節だ。題名は確か、『世界創生と魔法について』。大人も子供も、この伝承で世界の歴史を知る。

でも、この言い伝えには、本当の歴史から消された部分が沢山あるじゃないか。

第一に戦争の記述が無い。

遥か昔、サルエロ王国は大国だったようだ。クレイモル王国はまだ無く、三国しか存在しない。

そして神様が異世界から人を召喚したもんだから、勇者がサルエロ王国に現れた。

それも、一人じゃない。五人だ。

勇者はね……黒髪の人が三人、金髪の人が一人、茶髪の人が一人の計五人だ。

神様は、この世界を発展させたかったみたい。そのために他の世界の人を、まだ十分に育っていないこの世界に呼んだ。

――特別な力を授けてね。

ふと、僕の知る人が現れた。クレイモル王国で、禁書の手がかりをくれた魔物使い――セロニアスだ。彼の遺書を読んだ事で、僕は禁書を開く資格を得る事が出来た。

セロニアスは茶髪だったんだ。

遺書によれば、彼は人が信じられなくなっていき、結局魔物達だけと共に過ごすようになっていった。あの遺書を思い出して、心が痛んだ。セロニアスは最期まで、使役《しえき》した魔物達が穏やかに、そして健《すこ》やかに生きていけるよう願っていた。

でもそれは、晩年の話だ。若かりし頃の彼とその仲間は、どうやら思慮深いとは言えなかったらしい。特別な力を持った五人は、色々とやらかしていく。

神様の望んだ通り、発展はした、順調に。でも、それも次第に変わってゆく。

自国が困窮《こんきゅう》しているのならば、他の豊かな国から奪えばいい、と考えるようになったのだ。自分達を勇者と名乗り、神に選ばれた存在だから従えと、特別な力で脅して。

アルペスピア王国もテステニア王国も、当然従わないよねー？

それが元で三ヶ国間に戦争が起こり、サルエロ王国は一度滅んでいる。

あの土地、かなりの血が流れていたんだ。だから負の感情が今も残っているんだなぁ。

いや、その時召喚された勇者の怨念《おんねん》みたいなものが残っているのかも。

黒髪の勇者達は、特に神に対してかなり怒っていた。突然知らない世界に連れて来られ、この世界のために力になれと言われても、ってやつだね。しかも、帰れないんだから。

勇者達は死の間際まで、神様を呪っていた。それ程嫌だったって事だ。

そうだよね、元の世界には家族も居ただろうし……知らない世界で、知らない人達のために力を使い、帰れずに死んだのだから。

まぁ、この世界でも家族は出来たみたいだけど。後の時代で、生き残った勇者の子孫が、サルエロ王国を再建しているのが見えた。

人の心は誘惑に弱い。楽な方へ楽な方へといくものだ。はじめは自分達で国を発展させようとしていた彼らが、他国の恵みを奪い始めたように。

勇者にも、勇者にしか分からない何かがあったのかもしれない。それは分からない。見えない心の内に何を抱いていたかなんて、僕には分かりっこない。

それにしてもさ……黒い色への嫌悪があるのは、この出来事を封印しても、人々の心の中に恐怖が残っていたからかもなぁ。

っていうか、絶対そうじゃん？

黒髪の勇者達、凄い数の人を殺しちゃっているもの。

恐怖の象徴だったんじゃない？　その髪色がさ。

で、神様ったら、この召喚が失敗だったから、世界中の人の記憶を封印して無かった事にしてるじゃん。

後世の本では「欲望塗《まみ》れになる人々に神は心を痛め」なんて、ちゃっかりいい感じに書かれているけど。どれぐらいショックだったのかは分からないが、聖獣達に世界の管理を頼んで自分は消えるとか、なかなかの無責任ぶりだ。

あぁ、やっぱりサルエロ王国の大地はかなりの穢れが溜まっていて……そうなったのは聖獣の管理下に無かったのが大きい。そしてこの国に聖獣が居なかったのは、神様が消える前に見切りを付けたからだったんだ。

クレイモル王国が出来たのは、ビースト族が戦争に使われないようにするためだね。サルエロ王国に、勇者達に一番初めに侵略されたのがビースト族だ。カルキノスが彼らを守護する事で、国が誕生したのかぁ。

残る二国の内、アクリスがアルペスピア王国を、イピリアがテステニア王国を守護する事になった。

サルエロ王国には守護を付けず、代わりに——巫女だ。封印はしたけど、サルエロ王国に残った穢れは消えなかったんだね。それを浄化する役目を与えたんだ。神様も完全には見放さなかったらしい。

しかしそれは上手くいかなかった。今に至るまで大地は死んだままで、しかもその穢れはやがてこの世界を崩壊させる運命にあるという。

でもそれは、元を辿れば神様が異世界人を召喚したからだ。

全て、神様のやらかしのせい。はい、駄目神決定！

これは、この世界の崩壊をどうにかしないとなぁ。

どうやらサルエロ王国の果てでは、既に崩壊が始まっているようだし。空間が歪み、天候も安定せず、大地は崩れ、歪みに呑まれていっている。これがサルエロ王国全土に、そして世界中に広がるのは時間の問題だ。

つまり放っておいたら、折角転生したのに、僕また死んじゃうって事じゃんかー。神様の、阿呆《あほう》。

それに、今の僕にはもう大切な人が沢山居るんだから。諦めないぞ――絶対に。

――リン、リン。

「ん？　本が……喋った？」

今、鈴の音に交じって、本が……禁書が言葉を伝えてきた。

――この記憶を解放しますか？　と。

「うーん……これは、悩む。だって、この記憶が皆に戻ったら、勇者の行いが余りにも酷いから、黒髪さんは今以上に嫌われちゃいそうだし。聖獣達も、人が嫌になってしまうかもだし」

唯一いいと言えるのは、神様はそんないい存在じゃないって知ってもらえる事かな。良かれ悪しかれ、この世界は神様が残した教えに縛られているから。

これは神様の失敗した歴史……黒歴史だもの。神様ですら過ちを犯すと知れば、人間の行いにもっと寛容な世界になるんじゃないかな。

とはいえ、それを喜ぶのは僕だけかもしれない。やはり、禁書の解放は危険過ぎる。

でもなー、僕しか記憶している人が居ないのも、何だか嫌だなぁ。

——リン、リン（巫女には記憶が残ります）。

「あ、そうなの？　じゃあ、解放はナーシ！　っていうか、君はいいのかな、それでも」

随分と心優しい禁書……禁書さんだなぁ。

もっと禍々《まがまが》しい存在だと思っていたのに。

——リンリン……（あの方の念が消えればそれでいいです）。

「あー、やっぱりそうなんだね。それはちゃんと浄化する事を約束するよ」

あの方というのは、勇者の事だろう。サルエロ王国に残る穢れの正体は、やはり彼らの怨念のようだ。

——リン！

嬉しそうに一鳴りして、禁書の本はパタンと閉じられた。本と会話するなんて、またまた不思議体験をしてしまった。

僕は台座に横たわるローレンさんの肩をそっと触る。手に温もりを感じてほっとした。

勝手に決めちゃって悪いけど、ローレンさんも、僕に力を貸してね？

悲しい勇者の物語は、きちんと終わらせてあげなきゃ。

じわり、と手の温もりが伝わってきた。

——リン。

「うん。さようならだね、禁書さん」

目を覚ます時間が来たようだ。

禁書はローレンさんの中に戻るらしい。

あれ程大きかった金の表紙の本は、小さくなって、泡のように消えた。

ふわりふわりと体に風を感じて、僕はずっと閉じたままだった目をゆっくりと開ける。

心の目で全てを見ていたのだと、瞼が上がりきった時によく分かった。

ここに来るまであった黒い霧は消え、雲一つ無い青空が広がっていたから。

僕がそれを見たのは一瞬だったと思う。あっという間に、青空も消えて、視界に何も映らなくなったから。

夢から覚める感覚がある。

花の香りが鼻先を掠め、聞き覚えのある声が僕の鼓膜《こまく》に響く。

「おはよう、かわい子ちゃん」

「……おはようございます、ジェンティーレ先生」

夢の中では感じなかった、目を開ける時の瞼の重み。

目を覚ますと僕の前には、疲れた表情の先生が居た。


——パチン！


先生が指を鳴らすと、閉まっていたカーテンが開き、部屋の窓も開いた。

部屋の中に入って来る風が、籠《こも》っていた空気を攫《さら》っていったようだった。

ぼうっとしていた意識が、ふいに聞こえたすすり泣く声で覚醒《かくせい》した。隣を見るとローレンさんが両手で目を覆い、沢山の涙を流していた。

「ど、どうしたの？」

「す、み……すみません」

体を起こし、ローレンさんから少し離れると、彼女は空いたスペースで丸まって泣いた。

頭の中にはてなマークが浮かんだけど、僕は頭がガンガンと痛くて、立つ事が出来なかった。

「うう、頭痛い～……」

芋虫《いもむし》のように大きなベッドから転がり落ちると、ジェンティーレ先生からポーションを渡された。

一気に飲み干し、床をごろごろと転がって気を紛らす。

転がりながらチラチラとローレンさんを見る。

ジェンティーレ先生はローレンさんにもポーションを渡し、泣いている彼女の体をしっかり起こして飲ませた。

「はぁ～、あたし、これでやっと寝れる……」

どうやら僕達にポーションを飲ませるまでが先生のお仕事だったらしく、飲んだのを確認したら、そのままバタンキューと倒れ、寝てしまった。

ジェンティーレ先生がさっきまで僕達が使っていたベッドに寝ているので、僕は重く怠《だる》い体を引き摺りながら、ローレンさんと一緒に部屋を出た。


部屋を出たけど、僕達はお互いヘロヘロで、側に居た騎士さんに運ばれる事になってしまった。

僕にローレンさんを抱える事は出来ないので、非常に助かったんだけどね。

自分の部屋に戻ると、そのまま騎士さんにベッドに寝かせてもらっちゃった。

ちょっと横になっていようと思っていたんだ。

だが、僕は聖獣達のもふもふ攻撃で起こされるまで、再びぐっすりと寝てしまった。

〈なかなか帰って来ないから　心配した主〉

〈そうですよ　私　三日も戻らないとは聞いていません〉

〈今日も居なかったら　我が殴り込みに行くところだったわ〉

「……え？」

聖獣達によると、どうやら僕とローレンさんは、三日間も夢の世界に居たらしい。

どうりで、先生が倒れるようにすぐに眠ってしまった訳だ。三日間、徹夜したに違いない！

もふもふ達の温もりと毛の感触に埋もれながら、三日間もあそこに居たのかと記憶を遡《さかのぼ》り、生きてるって素晴らしいと思った。

もふもふな君達に、僕はたっぷりと癒してもらおうっと！

そして、改めて思う。

この世界を創った神様は、ちょっと子供っぽいなぁと。駄目神なのは決定だけど。

「はぁー、幸せ」

それはさておき、毛に埋もれて、僕は今幸せです。

この時間が永遠に続いてくれればな。

その日、お爺様達への報告のためにまた集まる事になったので、僕の幸せ時間はすぐに終わりました！

ローレンさんの涙の理由は、異世界召喚された勇者達の『帰りたいのに帰れない』と『家族に会えないまま死ぬのか』という、悲しい感情に引き摺られたからだった。

お爺様達への報告では、禁書の内容はとてもじゃないけど話す事が出来ないので、二人でそう伝えた。

するとお爺様は不貞腐れた。ご機嫌斜めなところ申し訳ないけど、お爺様達に、近い内にサルエロ王国に行きたいとお願いした。

ローレンさんと一緒に、やらないといけない事があるからと。

行くには準備が必要なので、僕は一旦、自分の家に帰る事になった。

ローレンさんは王城に残り、準備が整い次第、僕と一緒にサルエロ王国に戻る。

彼女はそれまで、この王国で過ごす事になった。

†

家に帰ると、すぐに父様の居る執務室へ向かった。

ロダンさんに持たされた、父様への手紙を届けるために。この手紙には、僕がサルエロ王国へ行く事について書かれているはずだ。これを渡せば、僕達の出国に許可が出ると言っていた。

そのはずなのだけど、父様は読んだ手紙を伏せ、頭を抱え込んでしまった。

〈何も心配はいりませんよ　私達が居ますから〉

〈そうだな　我がおるのだ　何も問題は無い〉

イピリアとアクリスの言葉を聞いても、何も反応しない父様。

心配なのだろうか？　僕は半年近く寝たきり状態だったし。

いくら目を覚ましてもう元気だと言ったところで、僕の「大丈夫」は元から信用されてないかもらね。

「あのね父様、これは僕にしか出来ない事なんだ。だから、どうしても行かなきゃなの」

僕にしかローレンさんを聖女にする事は出来ない。

力の使い方を正しく理解出来ているのは僕だけだから。

ローレンさんの称号は、正しい力の使い方をすれば変わるはず。

そのためには、サルエロ王国の王城の下に居る何かを浄化しなければならない。

「ふうー……」

大きな溜め息にちょっとビクッとした。

父様は溜め息を吐いた後、ゆっくりと顔を上げる。

「話は手紙に書いてあるから分かっている。けどな、大切な子供を喜んで他国に向かわせる親が居るものか。この半年、どれだけ生きた心地がしなかった事か……やっと目が覚めたと思ったら、今度はサルエロ王国へ行くなど……あそこは他の国とは違うんだ」

そう言ってまた大きな溜め息を吐いた。

目頭《めがしら》を押さえ、そこをグリグリと押している。

「……どう話したところで行くのだろうが。いいかリーン、俺はな、俺は――父さんが嫌いなんだ」

「へっ⁉」

目頭から手を離した父様のお顔は、目の据わった怒りの表情をしていた。

そして清々《すがすが》しいくらいハッキリと、お父様のお父さん――つまりお爺様が嫌いと言い放った。

「あんのクソ親父、俺の大切な子供達をいいように使いやがって。これだから王だなんて存在は――」

その言葉から始まり、まるで堰《せ》き止めていた杭《くい》が抜け落ちたのかのように、父様はお爺様の悪口を話し出した。

僕は開いた口が塞がらない。このような汚い言葉を聞いたのは、生まれて初めてだ。

アクリスもイピリアも、僕と同じく父様のご乱心な姿を目の当《ま》たりにし、あっけに取られている。

僕達が目の前に居るのに、見えていない程ご乱心だ。

コトリ、と紅茶がテーブルに置かれた。

ふと振り返ると、執事さんがのほほんとした表情で佇んでいる。僕はそっとカップを手に取り、紅茶を飲む。

すると、執事さんが言った。

「最近のお館様は、何やら思い出してはよくこうなっておられます。本日も、そのようですねぇ。こうなられては、暫くは元に戻りません。ゆるりと寛いでお待ちくださいませ」

美味しいな、紅茶。

父様の言葉を聞き流しながら、ゆっくりと紅茶を頂く事にした。

どうやら次期王位の指名で兄様を取られ、お爺様に呼ばれて王城へ行った僕は倒れて半年寝込み……父様の心労とストレスは、既に限界を突破していたみたいだ。

全く体勢と表情を変えずに、ぶつぶつと悪口を言う父様は怖いんだけどなっ！

少しでもこれが父様のガス抜きになれば良いのだけれども。

〈危ないね〉

「え？」

抱っこしているカルキノスが、父様を見てぽつりと言った。

〈魔力がちょっと乱れているよ　このままだと　ちょっとした病にも罹《かか》りやすくなるね〉

「ど、どうしたらいいのかな……」

闇落ちしているような父様をチラチラ見ながら、カルキノスをぎゅうっと抱きしめる。

〈アクリスが――〉

〈我が　ほいっとな〉

――ドン！

カルキノスの言葉に被せ気味に、アクリスが動く。

その頭突きが父様の心臓にヒットし、アクリスは何事も無かったようにひらりと着地した。

「ぐっ！」

胸を押さえ、ちょっと屈《かが》んでいる父様。

僕はおろおろとするだけだった。

〈我が魔力の流れを直してやったのだぞ　さすが我　生き物の頂点たる者よ〉

〈そうだねー〉

カルキノスの流し気味な返事に、アクリスは若干不満げだ。カルキノスでは駄目だと分かったのか、イピリアに褒めてもらっている。

そのままイピリアとアクリスの二匹は、今の父様の治療（？）の再演を始めてじゃれ出した。

「父様？」

僕は心配になり声をかける。

「はっ!?　何だ、今何かが俺を……で、何を話していたのだったか。あぁ、サルエロ王国行きが決定している事だったな」

すっかりいつもの父様に戻ったので、ぼそりと「凄いな」と呟いてしまった。

そこからはスムーズに話が進んだし、僕は父様の闇落ちを見なかった事にした。

「父様、この件が終わったら、僕も父様の仕事をお手伝いしますね？」

「いや、いいんだ。リーンは学園もある。父様がもう少し頑張ればいい事なのだ」

「でも、無理はしないでくださいね？　沢山心配をかけている僕が言うのも、あれですが」

「いいのだよ。子を思わない親は……居ないのだから」

「父様……」

格好良く言っていますが、ちょっと涙が出ていますよ。でも、泣き虫な父様の方がホッとする。

さっきの父様は怖かったから。

今度、ストレスに効くポーションでも作ってみようかな。

不思議ホイホイな子供でごめんなさい。と、心の中で謝る。

「学園に戻るのは、その件が落ち着いてからにしなさい。そのように手配しておくから」

「はい。ありがとうございます、父様」

「リーンの帰る家は、ここだからな？　余り、母様に心配をかけないよう努《つと》めなさい」

「はーい！　気を付けます」

「うむ。行って良し」

「では、失礼します」

じゃれている聖獣達をとっ捕まえて、そそくさと執務室から出る。

部屋を出る間際、執事さんが深々と頭を下げていた。

「はぁ……どうなる事かと思った」

〈面白かったね？〉

「面白くはないよ……」

カルキノス、この状況を面白いって言えるのはきっと君だけだ。

自分の部屋に戻る前に、僕は厨房に向かう事にした。

イピリアとアクリスは、部屋に戻ってパズルをするらしい。


僕はカルキノスを連れ厨房へ。

出国前に、インベントリにスイーツを溜め込むのだ。厨房にはいつもの料理長が居たので、一緒に色々なスイーツを作った。出来上がった物からインベントリに入れていく。

〈おいひい〉

こちらがせっせと作るのをよそに、もっもっもと動くカルキノスの頬。可愛いけど小悪魔な聖獣に邪魔をされながら、僕は出来るだけインベントリにしまう。

今回はシュークリームやパイなどの、お腹に溜まるものをメインに作った。ミニシュークリームの入ったパフェは、カルキノスに半分食べられてしまったけども。パイも小分けにして、取り出したらすぐに食べられるようにした。

片づけをしていると、料理長が今夜は良い魔肉が手に入ったので、肉巻きポテトにすると言ってくれた。

僕の好きなやーつ！

料理をして気分転換も出来たし、僕はルンルン気分で部屋に戻った。

自分の部屋の扉を、そっと開けて中へ入る。

部屋の中ではイピリアとアクリスがパズルをしているはず。

半年経っても、まだまだパズルブームは終わらないらしい。

見れば、彼らはちょちょいと小さな足で器用にピースを動かしては、ああだこうだと騒いでいる。

「これも見飽きたよ？」

遠慮なく相手に小言を言いながらも共同作業をやめない、まるで老夫婦のような二匹に、つい言葉が漏れる。

〈老化防止にいいんじゃないかな　くふくふ〉

「老化……」

君達、一体何歳なのさ。不老不死の存在に老化も何も無いでしょ。年齢の話をするならもう既に結構なお歳で……なら、おじいちゃんでいいんじゃん！

納得した僕は、頷きながら二匹の横を通り抜ける。

性別が無いから、どっちもおじいちゃんって事にしよう。

僕は鉢植えさんの前に座ると、話しかける。

「今日も起きないのかなー？」

魔法で出した水を与えながら、いつ起きるのか分からない不思議な植物を眺める。

〈今日も反応無さそうだね〉

「だねぇ？　話がしたかったのになぁ」

禁書の事やローレンさんの事、サルエロ王国の話もしたかったのに。

じっと鉢植えさんを見ても反応は無い。

「あれ？　ちょっと幹が太くなったような」

〈すくすくと成長しているよ　前よりも強い魔力を感じる〉

「魔力？　この鉢植えさんから？」

〈うん　主が育てているんだから　普通と違っててもおかしくないよ〉

「……そっかー」

僕は不思議ホイホイな存在ですか？　って言うのはやめた。だってもう不思議ホイホイだって分かっているもの。あははは。

大地を司るカルキノスが言うんだし、この鉢植えさんが魔力持ちになってしまったのは確実だろう。昔から謎めいていたけど、どんどん存在がおかしくなっていくなぁ。

ただの木じゃなくなったのは僕のせいみたいですけどー。

魔法を使うと、自分でも理解出来ない事が起きてしまう。僕の魔力は一体どうなっているのだろうか。自分の手を見ても、答えは見えない。

なので気にするのはやめて、気晴らしにポーションを作る事にした。

それから夕飯までカルキノスとポーション作りに励んだ。

お陰で箱三つに、びっしりとポーションを詰める事が出来たよ。

夕飯を食べて、また部屋に戻った。

肉巻きポテトは大変美味しかったです。

「お腹いっぱい～」

ベッドに入って、カルキノスをぎゅうと抱きしめる。

イピリアとアクリスはパズルの続きをやっている。仲良しだなぁ。

カルキノスからはお日様のような匂いがした。クンクンと嗅いでいたら、急に眠気が襲ってきた。

とても気持ちいい眠りにつくと、夢を見た……いや、夢の世界に入ってしまった。


昔の、地球に居た頃の夢だ。だって四季を感じるもの。

春は木々が花を咲かせ、色とりどりの花弁が舞う。

夏の木々はみずみずしく、緑が深まる。

秋の木々は、枯れ葉が様々に色を変えていく。

冬の木々は枝に白い雪の花をつける。

綺麗な景色と共に、四季の香りまで感じるようだった。

今僕の居る世界には無いものだ。

木々が装いを変えるように、人々の服装も変わってゆく。

やがて、僕の眼下には一軒の古民家《こみんか》が。

子供達の笑い声と様々な便利な物が溢れている僕の家。

あ〜、この家で、子供達と一緒にゲームをしたっけなぁ。

僕が集めていた刀に歴史的価値があると言って、訪ねてきた人もいたな。

昔の様々な出来事が浮かんでは、霧のように消えてゆく。

僕は、昔も楽しかったんだ。

ふっと古民家の景色が消え、自分の幼少期に変わった。

父親に剣術を指導され、上手く出来なくて泣いている僕。柔道を指導され、上手く出来なくて泣いている僕。

母親に頭を撫でられて、喜んでいる僕。

僕の姿は白いモヤに包まれていてハッキリとは見えないけど、あれが自分だと僕には分かる。そんな事もあったなぁと思い出したから。

家の庭には盆栽《ぼんさい》が、玄関には鉢植えがある。

母親が手入れをしていた鉢植え……の、一つがおかしい。

あれは、僕の鉢植えさんじゃない？

白色のプラスチック製のプランターに、白い幹で緑の葉をつけた木がある。その木がなんと虹色に発光していた。

もしかして……もしかしたら、これって僕の鉢植えさんが見せている夢？

そんな事を考えていたら、頭の中に声が響いた。

【気付かれちゃった　クスクス】

やっぱり、僕の鉢植えさんじゃないか！

【貴方の記憶にある世界は凄いのね　私の知らない木が沢山あるわ】

そりゃあそうだろうね？　住んでいる世界が違うもの。

【世界も　沢山あるのね　ここの世界の事　私も記憶しといてあげるわ】

えー？　僕が前に居た世界だから、君が覚えていても意味が……

意味が無いって言葉は、何故か言えなかった。

僕以外誰も知らない記憶。聖獣達はこの景色や前世に起きた出来事まで知っている訳じゃない。

ちょっと寂しかったから、鉢植えさんだけでも知っていて欲しいかも。

【いいものが見られたわ～　空は　穏やかなだけじゃないのね】

今の世界は基本ずっと青空だもんね。

雪が降ると真っ白な世界に変わって、いつも見ていた景色が一変するんだよ。それはそれは綺麗な世界なんだ。

夏は一瞬で空が真っ黒になって、雷が起こって雨が降り。

雨がやむと太陽が出てきてまた青空に戻るんだ。

空は、その都度表情が変わって、

【はい、終わり！　永遠に続く話よねそれ】

あ、はい！

鉢植えさんにストップをかけられて、思い出すのをやめた。

鉢植えさんが放つ虹色の光が眩く輝き、僕は眩しくて目を閉じてしまう。

その光さ、目に悪くない？　眩しくて眼球がダメージを受けた気がする……

【失礼ね！　そんな事ある訳ないじゃない】

え、でも……目の奥がズキズキ痛むんだけど。絶対、目に悪いよ。両手で目を押さえ、そのまま手のひらでぐっぐと押す。近くに目薬とか無いかな。マジで。

そんな事を考えていたら、瞼がほわっと温かくなった。

そしてお日様の匂いがしてきたので、カルキノスを呼ぼうとして――

「……カルキノス、だよね？」

〈うん〉

「この手は何かなー？」

〈主がやってたから　僕がやってあげてるの〉

「……」

——いつの間にか、夢の世界から戻って来ていた。

そして、僕は目が開けられない状態になっている。カルキノスが僕の両目に前足を当てているからだ。肉球っぽいムニムニッとした感触と、仄《ほの》かな温もりが伝わってくる。

可愛い事をしているから、やめて欲しいとも言えず。

暫くこのままでもいいかなーとか思ってきちゃったし。

「……」

〈……〉

もしもーし、カルキノスさーん？

【もうやめるの？】

あらま、念話を飛ばされてしまった。

こくこくと頷くと、カルキノスの両足が離れていく。温もりが無くなった僕の両目は、しっかりと開いた。

「夢を見ていたんだぁ、懐かしい夢を」

〈どんな夢なの〉

「うんとね――」

さっき見たばかりの夢の話をカルキノスにする。

カルキノスは寝転んでいる僕のそばで、話を聞きながら……寝落ちした。

そ、そんな……僕の前世の話はそんなに面白くないの……？

僕に構わず、ぷうぷうと鳴るカルキノスの鼻。その音を聞きながら、僕もまた眠りについた。

鉢植えさんにまだ話したい事があったのに、何も話せなかったな。まぁ、また機会があったら話をしよう。

†

お爺様の伝言蝶が僕の所に来たのは、前世の夢を見た日から五日後だった。

伝言蝶は、二日後に王城へ来るようにと言って消えた。

二日間で、僕らはインベントリに色々な物を詰め込んだ。イピリアとアクリスにパズルを入れてくれと頼まれて、何故か僕のインベントリにはパズルが入っている。

カルキノスには、いじっていた鉱石を入れてくれと頼まれた。四角い形になっていたそれを、言われるままにしまった。

二日後、準備が出来た僕達は、イピリアに乗って王城へ。着くと真っ直ぐお爺様の部屋に向かった。

お爺様の部屋の前ではロダンさんが待っていて、

「お早いお着きですね。中に入って待っていてください」

と、部屋の中に入れてくれた。

部屋の中には誰も居なくて、まだ朝だからお爺様は寝ているのかも、なんて思ってしまった。

「皆が来るまで、何しようかー」

〈パズル〉

〈パズルでも〉

イピリアとアクリスに即答でパズルを所望され、テーブルの側に出してあげた。僕はカルキノスを膝の上に乗せてソファーに座る。

〈鉱石の袋出して〉

「はいはいー」

インベントリから鉱石の入っている袋を出して、カルキノスに渡す。大きな袋を抱えるカルキノスが可愛いなーっと、ただぼーっと眺めていた。

僕の吐息でカルキノスの頭の毛がそよそよと靡いている。

〈これをこうして　うんとー〉

僕の手を持って遊んでいるカルキノス。

〈主　この部屋をイメージしてー〉

「はいはいー」

カルキノスに言われるまま、この部屋をじっと見て頭の中にインプットする。鉱石にそのイメージが付与される感覚があった。

何やら見た事の無い物を手に持たされているが、何の遊びだろう？　と思ったけど、可愛いから何でもいいや。

〈もう少しー〉

「はいはいー」

カルキノスは何度も同じ事を繰り返している。

僕の手に同じ物を乗せては鉱石に何かを付与して、を繰り返す。

流石に同じ事を六回するに至り、気になって聞いてみた。

「ねねね、これなあに？」

袋にしまわれてしまう前に手に乗せられた物を握り、カルキノスの行動を止める。

それは小さな四角い紫色の物。元はクロノイ鉱石といって、アルペスピア王国でも売っている物だ。希少な鉱石で、きっと使わないだろうと思っていたやつでもある。

ここ二日間で、カルキノスがその鉱石を四角い形に切っていたのは分かっているけど。

〈転移石〉

「そっかそっかー……はあああああ!?」

〈わっ　うるさい〉

むすっとしながら両足で耳を塞いだカルキノス。長さが足りないからか、耳に届かなくてちょっと屈んでいる。

僕は驚いて、持っていた石を握りしめてしまった。

〈返してー〉

「な、なんてもの作らせるのさぁ！」

ちょっとこの石、鑑定しなきゃだよ！

カルキノスが取り戻そうとするけど、躱《かわ》しながら鑑定する。

「うわー……」

〈あ　取れた〉

鑑定結果はカルキノスの言った通り、転移石となっていた。呆れている間に、カルキノスに奪われてしまったけど。

一体、どうしてそんなものを作ろうと思ったのか。と、いうか……

「これ、どうやって作るの？」

〈内緒ー〉

「え」

〈はい　次のやつー〉

「待って待って、教えてくれたら協力するよ？」

〈主ー……〉

カルキノスから「え？　今更説明しろと言うの？」と言いたげな冷たい目で見られて、精神的にダメージを食らった。

でもでも、知らない内にとんでもない物を作らされるのは、非常に困る訳で。

カルキノスをじっと見つめる。カルキノスも僕をじっと見つめ返してくる。

〈主　これ便利だよー？　沢山あったら助かるよー〉

「そう……だけど」

カルキノスの目が、ちょっと輝いた。

〈主の父親も　これがあったら心配が減るよー？〉

「そうだけど……多分」

〈サルエロ王国に行っても　戻って来るの簡単だよー？〉

「確かに、そうだけども！」

カルキノスが、嬉しそうな顔になった。

〈じゃあ作ろうねー　はいこれ持って〉

「ぐぐぐ……」

手の上には石が乗りました。

先程と同じくこの部屋のイメージを、今度は明確にこの石に付与した感覚があった。

〈わぁ！　主すごーい　さっきよりも早くなったー〉

「……」

カルキノス様、ご満悦《まんえつ》な様子。渡した転移石を見て、きらっきらな目になっている。

褒められたのに、全く喜べない僕。

だってこの転移石……鑑定結果で『古代魔法で作られた転移の魔法石　神が作成したものと同じ効果』って出てたんだもの！

ジェンティーレ先生がサルエロ王国脱出の際に『古代魔法の札』を使ったと言ってたけど、多分それと同じ効果な気がする。

カルキノスは作り方をハッキリ言わなかったけど、あの子が元の石を切り出して、僕に魔法を付与させたんだ。僕の力を利用するなんて、恐ろしい子……

でもカルキノスの可愛さに勝てなくて、僕はそれからさらに八個も作らされた。まぁ、インベントリにしまっちゃったから、使わなければバレないけど。

お爺様達が居ない時で良かったよ。

ふと、ぞわぞわっと鳥肌が立った。何だろうと思い、キョロキョロと周囲を見たけど何も無い。

視線を落とすと、カルキノスが悪い笑みをしていたので、多分これだなぁ。

それからすぐにロダンさんが部屋の中に入って来た。

「お待たせいたしました。準備が整いましたので行きましょう」

「あれー？　お爺様達は来ないのですか？」

出していたパズルをわたわたとしまい、扉の方を見る。

「皆様方は既に牛車《ぎっしゃ》に乗られていますよ。巫女様方も、来られた時と同じ馬車におられます」

「ありゃ。僕だけ別だったのかぁ」

部屋を出て、ロダンさんにくっついて歩く。

アクリスはてとてとと歩き、イピリアは僕の肩に戻っている。カルキノスはずっと抱っこしたままだ。

「リーンオルゴット様は聖獣イピリア様で向かわれるのか、馬車なのか分からなかったので最後になりました。馬車の用意もしてありますが、いかがなさいますか？」

「どうしよう？　決めていなかった！」

〈いつものように　私に乗って向かいましょう〉

「そうだねー？　よろしくね、イピリア」

〈お任せください〉

馬車も乗ってみたいけど、いつも通りの方が落ち着くね。頬でイピリアとすりすりして和む。

「そのような気が致しましたので、やはり最後にして良かったです。ジールフィア様達の準備には時間がかかりますので、他の馬車の時間に合わせてお呼びしていたら、大分お待たせする事になっていたでしょう」

「そうなん……そのようですねぇ」

王城の裏側が見えて、妙に納得しちゃいました。牛車を筆頭に、馬車がずらーっと並んでいる。

これはちょっと、時間がかかるのも仕方が無い数だ。

〈馬車の行列ではないか〉

アクリスも馬車の多さに驚いたみたい。

「サルエロ王国への土産物が多いので、馬車の数はこれ以上は減らせなかったのです」

どうやら、インベントリ付きの鞄にしまって持って行くという事はしないらしい。

ロダンさんが、馬車の数で国の豊かさを示せるから、わざと沢山の馬車で行くのだと教えてくれた。ちなみに、ローレンさん達が来た時は馬車四台だったと言っていた。

「へぇー、色々と大変なんだなぁ」

「今回の巫女様方の来訪は、我が王国との友好を結ぶためと……表向きはそうなっていますので」

「なるほど！」

僕に言われたから他の国まで会いに行く、なんて王様には言えないよね。

それにしても、この馬車の数はちょっと引く。

政治的な理由なら仕方が無いけど、相手と同じ四台で良かったんじゃないのかと思う。

「皆様揃いましたので、サルエロ王国へ向かいましょう」

「お待たせしました～」

僕はささっと大きくなったイピリアに乗り、皆に手を振る。

御者をするのか、ロダンさんは牛車の先頭に飛び乗った。お爺様はきっとその牛車に乗っているんだろうなぁ。

「イピリア、レッツゴー！」

今回はアクリスもイピリアの背に乗っている。

視界が高くなり、今回の行列の全体が見えるようになった。

ほんとめっちゃ多いな、馬車。

全部で八台？　真ん中くらいに居る馬車が、見た事が無い装いだ。あの馬車にローレンさんが乗っているのだろう。

〈魔物が寄ってこないように　我らは少し先に行くのだぞ〉

〈はいはい　分かっていますよ〉

イピリアは先頭の牛車の、ちょっと先へ行く。

聖獣効果で魔物が出ないまま進む。

「先頭の牛車、速くない？　ドドドドって音が凄いんだけど」

〈あれは召喚獣だな　爺様のだろう〉

〈そうだねー　炎の属性の召喚獣だし〉
あぁ、牛ちゃんだっけ。鳥の名前はボッチだし。お爺様はネーミングセンスが……いや、召喚獣達がいいなら何も言わないけど。

幾つもの森を過ぎ、その度に馬車の進行速度を確認する。馬車の速度に合わせているから、イピリアにしてはゆっくりだ。

〈余り下を見ていると　酔いますよ〉

「おっと……」

イピリアに注意されて気が付く。

いつもは遠くを見ているから分からなかったけど、近場の地面をずっと見ていると、景色が目まぐるしく変わって確かに気持ち悪くなりそうだ。

馬車の方も、魔物に襲われる事も無く問題無さそうだ。暫く遠くの方を見て、景色を楽しもう。

沢山の木々の上を通り過ぎ、三時間くらいで一度休憩になった。牛ちゃんは問題無いけど、馬は休憩が必要とかでかなりゆっくり休憩していた。僕達は甘いものを食べてずっと遊んでいた。

馬達はちゃんと休めたようで、回復したからまた進む事になった。


そこから数時間後、見た事のある建物が視界に入って来た。前に僕が転移して来ちゃった時に見た、サルエロ王国の王城だ。

「もうすぐ着くね」

〈そのようですね　下の方も既に準備に入っているかと思います〉

「準備？」

気になって下を見る。馬車達は止まって並び替えを行っているところだった。

いつの間にか、ローレンさんが乗っている馬車が一番前に来ている。そのすぐ後ろにロダンさんが引いている牛車が並んだ。

「やっぱり色々あるんだねー？　僕にはよく分からないけど」

そんな事を言っていたら、下から真っ赤な伝言蝶が飛んで来た。

赤い蝶は僕の目の前に来て、

『そろそろサルエロ王国の領土に入るから　降りてワシの牛車に来ーい』

と伝えて消えた。

すると、イピリアは真っすぐお爺様の牛車に向かっていく。

大地に降り立つ頃には馬の声や鎧の擦れる音、人の咳払いなど音の大洪水だった。お空の上に居たから、下がこんなに騒がしいとは知らなかった！

イピリアから降りて牛車に近づくと、扉が開きジェンティーレ先生が手招きした。

イピリアは小さくなって僕の肩に止まる。

僕はカルキノスを抱っこしたまま中に入ろうとして、アクリスが居ない事に気付いた。

「アークリースっ？」

名前を呼んで探していると、ローレンさんの馬車の御者さんの席からアクリスが顔を出した。

〈我は一番前でいい〉

「前でいい。じゃなくて、前がいいんだね？」

〈……前でいい〉

そっぽを向いて顔をひっこめてしまったので、仕方無く僕が折れた。

「はいはい。分かったよー」

我儘聖獣めっ！

ローレンさんの馬車の御者さんがおろおろしていたので、軽くお願いした。といっても、目が合ったので会釈をしただけだ。

御者さんは「え！」って顔をしたけど、僕はそのまま牛車の中に入った。

「いらっしゃ～い」

「こっちゃ来い」

牛車の中では、お爺様とジェンティーレ先生が奥に座っている。入口の方には四人の魔法師さんが座っていた。

魔法師さん達の間を進み、お爺様とジェンティーレ先生の間に座る。

「僕、イピリアでそのまま行ったら駄目なの？」

「無理よ、無理無理。サルエロ王国の周囲には結界が張られているのよ。関所を通るしか無いから、巫女達に任せましょって事になっているのよん」

へー！　国を覆う程の結界があるのか。ローレンさん達が居れば関所も問題無い、って事ね。

「結界だって、イピリア」

〈破壊してしまうところでしたね　主様が〉

「え……」

何言ってるのイピリアは。僕がそんな事をする訳——

〈進めないー　何でー　えいっ！　て壊しそうだね〉

「……」

カルキノスが嬉しそうに、僕の真似をしている。

どう思います？　ってお爺様を見たら視線を逸らされた。

周りの人達を見たら、誰とも目が合わない。っていうか、目を合わせないようにしてるし！

「ひっどいなぁ。そんな事しないもん……多分」

「ぶほっ！」

ちょっと自信無く言ったら、お爺様が吹き出した。

肩まで揺らしてさ、そんな笑わなくってもいいじゃんか。

ん？　結界？　そう言えば、ローレンさんの魂を初めて見たあの夢の中の時、結界を破壊した感覚があったような……

うわー！　既にやっていたか。でも内緒にしておこう！　あれは夢だもの。うんうん。

そんな事をしていたら牛車が進み始め、続けて馬の蹄《ひづめ》の音が聞こえた。

「余り揺れないんだね？」

「魔法よ、ま・ほ・う☆」

バチンとウィンクしてきたジェンティーレ先生。

なんだ魔法かとちょっとがっかりした。揺れない馬車を作れるのかと期待しちゃったじゃんか。この世界には魔法があるから、そんな技術は無かったようだ。

「ねね、お爺様。今回は騎士さん達が居るんですね」

さっき聞こえた鎧の音が気になって確認した。

だがお爺様は何も反応してくれなくて、代わりにジェンティーレ先生が答えてくれた。

「流石に今回は騎士団も参加よ。アルペスピア王国の国王が動くんですもの。それに、魔法師じゃ対応出来ないかもしれないからね」

要は何が起こるのか分からないから、最大限の守りが必要なのだそうだ。

そんなにもサルエロ王国は危険な国なのかな？

「それにね、戦争なんて馬鹿な事を考えさせないためにも、魔法師と騎士団が居る事をしっかりと見せておかないとね。うふふ」

「あー……なるほど」

多分、一番の理由はそれっぽい。

楽しそうに笑うジェンティーレ先生の気配が、なんかそう言っている気がする。

国対国のやり取りには、僕は深く関わらないようにしよっと。

牛車は止まったり進んだりを繰り返している。僕の肌が、さわさわと嫌～な気配を感じ始めた。

「ふむ。だいぶ進んだようじゃな。問題無く城に行けそうじゃの」

「お爺様起きた？」

「ワシ、寝とらんもん」

「えー？　ずっと目を閉じていたから、寝ているのかと思ったのに」

「ちいとな、魔法を使っておった」

「あ、この馬車の揺れを感じさせない魔法の事？」

「違うんじゃ……が、どんな魔法かは秘密じゃ！　ふぉっふぉっふぉ」

「むむむ」

よく分からないけど、起きたならいいや。

お爺様と魔法で遊んで暇つぶししよう！　と、思ったらカルキノスが僕の腕をぽんぽんと叩いた。

「どうしたの、カルキノス」

〈主　アレ出してー〉

「あれってどれ？」

〈転移石〉

——ガタガタ！

皆が一斉に立ち上がったから、凄い音がした。でもまぁ、その反応をしちゃうの、分からなくないです。

「カルキノス……」

〈はーやーくー〉

よりにもよって、今それを言うかな。

どうしてそんな爆弾発言しちゃうのさ。

「てててててて……」

ジェンティーレ先生が壊れた。「て」しか言わない機械みたいになっている。

他の魔法師さん達は、静かに座り始めたけど。

「今、転移石と言ったかのぅ」

「いや～？」

〈うん　転移石ー〉

カ・ル・キ・ノ・ス！

否定しようにも、カルキノスが誤魔化せない程ハッキリ「うん」って言ってしまったので、渋々インベントリから転移石を取り出した。

「はぁ、これはカルキノスが作ったんですからね？　僕じゃないですよ！」

これだけは言っておかないとね！

僕じゃない、違うんですよ。

〈これね　主が転移の魔法を付与したやつー〉

「カルキノスゥウゥウ⁉」

紫色の四角い転移石をお爺様に見せながら、カルキノスは僕が自分から作ったかのように言う。

違う違う、そうじゃ、そうじゃなぁーい！

慌ててお爺様に、カルキノスが鉱石からこの四角い石を作って、何も知らない僕は言われるまま魔法を使ったのだと説明する。

「ほうほう。聖獣様はこれを作って、如何なさるんじゃ？」

〈これね　ジールフィアの部屋に転移するから　あげるー〉

「ワシの部屋？」

カルキノスに手渡された転移石を、お爺様はまじまじと観察した。

〈この前　ジェンティーレが帰還の魔法が付与された札を使ったって言っていたから　主なら作れ

るなーって思ってやってみたー〉

「おうふ……」

僕に流れ弾が飛んで来た。僕なら作れるとか言うの、正直やめて欲しい。

僕は何も知らなかったんだからね？　作ろうと思って作った訳じゃないんだよ？

「はっ！　カルキノス様？　これ、自分で魔法付与出来たよね？　古代語完璧なカルキノスなら、出来ない訳ないよね？」

〈くふふ　主　今気が付いたの？〉

「!!」

やはり、カルキノスは……確・信・犯・だった！

小さな両足を口に当て、くふくふと笑っている。

まんまとカルキノスの罠に嵌まり、作らされたとは……僕はがっくりと肩を落とす。

一部始終を見ていたお爺様は、「やるのぅ」と言っただけだった。

多分、いや、間違いなくカルキノスを褒めたんだよね。

「ありがたく、頂戴するとしようかの～」

〈いいよ　いつでも作れるから　主が〉

今わざと「主」を強調した？　この腹黒聖獣めっ！

やんわりお爺様に頭を撫でられ、見上げると意地の悪い笑みがそこにはあった。

「いつでも作れるとは、ワシの孫、最強じゃてな！　ふぉっふぉっふぉ」

「ぐぐぐ……」

ぽんぽんと頭を叩かれて溜め息を吐いたら、お爺様はその瞬間にぽつりと呟いた。

「ティーレが使ったのが最後の物じゃったから、これは本当に助かるのぅ」

お爺様の表情は意地の悪い笑みから、優しい微笑みに変わっていた。

その後は復活したジェンティーレ先生が、「凄い物をくれたもんだわ」とカルキノスを撫で回した。カルキノスに手を叩かれてたけどね。

結局、牛車が止まるまで、僕らはお爺様とジェンティーレ先生に構われてわちゃわちゃとしていた。

暫くして、

「着いたようじゃな」

そう言ったお爺様が国王様の表情になって、一瞬でジェンティーレ先生の雰囲気が変わり、僕はハッとなる。

わちゃわちゃしていたから気が紛れていたが、強烈な不快感が肌を刺している。

【主　ここ　大地の穢れが酷いよ】

【主様　ここは良くない場所です】

二匹が同じタイミングで念話を送ってきた。

僕も感じるよ。不快な感情を向けられた時と同じ感覚がするのを。

牛車から出ようとすると、今までにない程足が重かった。

†

サルエロ王国の王城に入ると、ローレンさんの案内で僕達は全員客室に招かれた。

騎士は八名、魔法師は十名居るので結構な大人数だ。

そこで、僕達に同行するのは騎士が三名、魔法師が四名に絞られた。残りの人達は隣の別室にて待機だ。

ローレンさんの話では、今この王国の国王様は会議中らしい。それが終わり次第、僕達が居るこの部屋に来てくれる事になっている。

「カルキノスはパイ食べるー？　イピリアは？」

〈食べる！〉

〈私はパフェを〉

部屋の中で僕達はかなり自由に行動していた。

お爺様はアクリスとじゃれ合っているし、ジェンティーレ先生は魔法師や騎士達と雑談中。

ロダンさんはローレンさんに何か話を聞いていて、ローレンさんの付き人は聖獣達を気にしてちらちらこちらを見ていた。

僕はカルキノスとイピリアを両隣に座らせて、二人にデザートを食べさせているところだ。

一応、ローレンさんの付き人さんが紅茶を出してくれたんだけど、誰も飲まない。なのに僕がインベントリから出した紅茶は飲んでいた。

サルエロ王国の紅茶は、僕の知っている飲み物でいうと緑茶だったのだ。非常にさっぱりとした飲み物なのだけれど、皆の口には合わなかったみたい。

ちらちらと向けられる視線が気になって、聖獣を触ってみる？　と付き人さん達に聞いたのだけど、彼等はぶんぶんと高速で頭を横に振る。

ただ、気になる事をポツリと呟いた。

「本当に居るんだ、聖獣って」

「？」

言っている事の意味が分からなくて、僕は瞬きを繰り返す。

イピリアを指差し、問いかけてみた。

「聖獣イピリアの事件とか知らなかったの？」

「？」

今度は付き人さん達から、さっき僕がした反応を返されてしまった。

テステニア王国とクレイモル王国の紛争や、イピリアが消えて世界の均衡《きんこう》が崩れた事とか……どうやら知らないみたいだ。

聖獣達の認知度が低くて、何だか新鮮。

「聖獣はちゃんと居ますよ？　今、ここに……デザートを食べているところだけども」

「じゃあ、何故……いえ、なんでもないです」

もごもごと何か言ったけど、小さな声だから聞こえないよ。

ふいっと顔を逸らしたので、言いたくない事なのかも？

デザートを食べていたり、はしゃいでいたりするから、聖獣って感じがしないかもなぁ。でも僕は、そんな愛らしい姿を見て頬が緩みそうになるんだけど。

「んー……ん？　何で居ないと思ったの？」

僕が付き人さんに追撃すると、こちらへ歩いてきたローレンさんが、僕の質問に答えてくれた。

「聖獣は今はもう存在していない。と、教えられているからです」

「えー？　どうしてさぁ」

「私は存在しているだろうと考えていましたけど、実際に見るまでは……実は、少し疑っていたんだと気が付きました。そのくらい、この国には聖獣様の恩恵が無いのですよ」

「恩恵？　えーっと、もう少し詳しく！」

「今、私には禁書の記憶がありますので、違う事は分かっていますが――」

サルエロ王国の大地は作物が育ちにくい。そしてサルエロ王国の果ての方は青空が無く、常に曇っている。

あるいは魔力量の多い人が少なかったり、使える魔法が偏っていたりする。

それらの事が全て、聖獣がサルエロ王国を見放したせいだとされているらしい。

実際は、全て禁書にあった出来事が原因で、サルエロ王国の果てからこの世界が崩壊しているからなんだけどなぁ。

聖獣に見放され、恩恵は無い。つまり、聖獣はもう存在しないのだと「王族は特にそう教えられてきた」らしい。

他の王国が豊かなのはどう思っているのか聞こうとしたけど、禁書で見た「豊かな王国から奪えばいい」という考えを思い出したので、聞くのを躊躇《ためら》った。

その代わり、禁書の真実に触れない範囲で自分の見解を述べる。

「僕の考えだと、サルエロ王国全体に結界があるせいだと思うけどね。まぁ、結界があるのにも意味があった訳だけど」

王城の下にあるアレを外に出さないためだろう。

イピリア達が張るような結界とは全く違う。聖獣達が張る結界は制約がほぼ無い自由なものだ。でも、この王国のは違う。外部を遮断してしまっている。そのせいで、大気を司るイピリアの管轄から外れているし、カルキノスの大地の管理も同様だ。聖獣が居ないだけでなく、その力までも受けられないでいる。

「そうなのだと、今は私も思います。ですが、そう分かる者は他に居ないのです。ですから……」

ローレンさんが付き人さんを見ると、彼はわなわなと震えていた。これは怒りの感情だ。

「私達が悪いって、言うですか！　恵まれている所に住んでいるは、これだから！」

「黙りなさい。本来ならば、貴方が会話をしてもらえるような方ではないのですよ」

ローレンさんに叱られた付き人さんは、ハッと我に返り真っ青な表情で震え出した。

ちょっと訛っていたから、本音なのだろうなぁ。

「気にしないで？　僕が話しかけたんだし、誰が悪いって話でもないの。今まで沢山苦労してきた事は、今ので理解出来たし。それに、その現状を改善するために来たのだから」

「リーンオルゴット様……寛大な対応に感謝いたします」

「教えてくれて、君も、ありがとうね！」

「いえ！　あ、あわわっ」

会話してはいけないと思いつつも反応してしまったって感じだ。付き人さんには、可哀想な事をしてしまった。

真っ青だった顔は、今は真っ赤になっていた。

「皆がもっと生きやすい世界にしないとね。僕達なら、ちゃんとそれが出来るはず」

ローレンさんが頷く。

「私にそのような力があるのか不安は残りますが、そうなるよう最大限努めます」

「僕は、心強い味方が居るってだけでありがたいよ」

〈僕も主の味方〉

〈私もですよ〉

聖獣達もそう応じてくれる。いや、二匹だけだけど。

「沢山、いらっしゃるですね？」

ローレンさんの言葉が訛っているから、今のはきっと素だろう。

サルエロ王国の言葉は、他の三国と少し違いがある。普段の彼女は、相当気を付けて話しているんだろう。気が抜けると出ちゃう方言みたいで、ちょっと可愛い。

〈我も居るのだが！〉

「わあっ！　頭の上に飛び乗ってこないでよ」

アクリスが僕の頭に飛び乗って存在をアピールする。お爺様に飛びついてじゃれまくっていたはずなのに、いつの間に来たんだ？

頭の上から降ろし、アクリスの両脇を掴んでじっと見つめる。

〈我も味方なのだぞ〉

「僕の？　お爺様の、じゃなくて？」

〈ジールフィアは遊び相手であって、我は主の味方なのだ〉

どんどんアクリスを引き寄せる。

「……」

〈主　顔が近いぞ〉

「！」

僕の頬を押す、ムニムニとした肉球の感触。それだけで僕の表情は崩れてしまう。聖獣っていうか、もふもふには敵わないよ。堪《たま》りません！

「……ぐふっ」

〈ぎゃーーーー！〉

お腹のもふもふに思いっきり頬擦りをしたら、アクリスが叫んで暴れ出す。

顔を蹴られたので仕方無く顔を離すと、皆の視線が集まっていた。

アルペスピア王国の人達は微笑んでいるけど、サルエロ王国の人達はぽかんと口を開けて見ている。この反応の違いね、新鮮だよ。

「それにしても、兄様《あにさま》は遅いですね。会議というものは、こんなに時間がかかるのでしょうか」

ローレンさんは、王様が来ない事が気にかかるようだ。

「さぁ？」

僕に聞かれても、それは分からない。

そーゆー事は、ロダンさんが一番知ってそうだよ。って事で、ロダンさんを探そうと振り向くと、結構近くに居た。

向かい合わせのソファーでお爺様が暇そうに召喚獣のボッチを出して遊んでいて、そのすぐ横で無表情……いや、死んだ魚みたいな目をしている。

ロダンさんを呼びたかったんだけど、お爺様が僕の視線に気が付いて、ぱぁっと輝いた顔をした。

「リーンや〜、ボッチとイピリア様を一緒に遊ばせんか？」

「遊ばせなーい」

「えええええええ」

いい事を思いついた！　って感じで、どうでもいい事を言うのはやめて欲しい。

どんだけ遊びたいのさ、お爺様は。

即答で断ると、ロダンさんの目が復活した。僕はここぞとばかりにロダンさんに話しかける。

「ロダンさん、会議って結構長引くの？」

「議題にもよりますが、大体三時間から五時間はかかりますね。順調に進めば、ですが」

「そんなにかかるの……」

「長い時は日を跨《また》いで、数日かかる場合もあるますよ」

「えー……」

マジかよ。会議をするような身じゃなくて良かった！

って、父様のお仕事を手伝うようになったら、僕もそうなるのかな!?

え、嫌だ。退屈で死んじゃう……気がする。気のせいであって欲しい。

「そうなりますと、まだまだ時間がかかりそうなのですね」

会話に入って来たローレンさんに、僕は頷く。

「そうらしいです」

「では、お食事の用意をしておきましょう」

付き人さんに食事の指示を出してから、ローレンさんは兄様の方を確認してきます、と部屋を出ていってしまった。

ローレンさんが居なくなると、ジェンティーレ先生達が突然魔法を使った。

『時間停止』で、この場に残っていたサルエロ王国の付き人達の動きを止める。それを確認したロダンさんが話し出した。

「ティーレ、どうでしたか？」

「会議ならもうかなり前に終わっていましたよ」

呆れた様子のジェンティーレ先生。

ロダンさんはまた死んだ魚のような目に戻った。

というか、いつの間にか会議は終わっていたらしい。先生はどうやってそれを知る事が出来たのだろう？

「先触れを出してもこれですか。駄目ですね、ここは終わっているようです」

「ワシ、はなっから期待しとらんもん」

「そうですねぇ、一体、何処の国の国王様を待たせているのか、きちんと教える必要があるようです」

わー。真顔のままでそんな物騒な気配になると、老けて見えますよ。

ロダンさん、結構怖いんだね。あ、そうか。今みたいに待つ事が無いように先触れを出すんだもんね？　なのに待たされちゃ、怒るのは当然だよ。

「舐められたものよねぇ？　んふふ。もう準備は終えているのだけれどぉ」

皆、殺《や》る気満々じゃんか！　怖いよ？

お爺様も子供のようにルンルンしているし。

【我が　パーンてやれば終わるぞ】

「……」

小さな足をシュッシュと動かすアクリス。

その後に続けた言葉がさらに怖かった。

【パーンすれば存在が消滅するからな　一瞬だわ】

もうさ、パーンって言うの禁止ね？　そのシュッシュする動きも禁止！

カルキノス、念話でいいねって言わないの。イピリアもやっておしまいって言わないの。そんな成敗したら即終了、って時代劇じゃないんだから。

聖獣達が一番殺る気満々で、僕すんごい不安になったんだけど。

「さて、巫女様は一体どうするのでしょうかね」

「はっ！　ローレンさん、確認しに行っちゃったよ？」

「ふふふ。そうですねぇ」

ロダンさん……その目つきのまま笑うと、悪い人っぽいんですけど。

お爺様が立ち上がり、部屋を出ようとする。

「ここで待っていても埒《らち》が明かん。ちょいと行ってみるかの？」

「えー！」

「いや、リーンと聖獣様達はここで待っておれ。ワシとロダンとティーレだけで済むじゃろ。他の者達は、リーンの護衛に置いてゆく」

「えー……」

いいのかなぁ？　って思ってたら、もう三人は部屋を出ちゃったよ！

行動力高《たっか》。なーんか、お爺様のあの感じだと、悪い予感がしちゃうんだよねぇ。

廊下から、パチリと魔法を解除する指の音が聞こえた。

この部屋に居る付き人さん達の魔法が解除され、止まっていた彼等の時が進み出す。彼らはキョロキョロと周りを確認して、人が少なくなっている事に首を傾げている。

誰も教える気は無いようなので、僕も言わない事にしたよ。

紅茶を飲みながら、お爺様達が何かやらかさないか心配だね、と聖獣達と念話で話す。

【あの感じだと　やらかしに行ったんだよ】

おおい、カルキノスさんやーい。

それだと困っちゃうんだけどな。ささっと終わらせて帰りたいのに。

【問題無いでしょう　案外　その方が早く話が済むかもしれませんし】

そうなのかなぁ？

この王城の地下に用があるから、そこに出入りする許可が欲しいだけなんだけど。

禁書で見た歴史の中には、大地の穢れの根源となる場所がハッキリ記されていた。それは王城の地下の、歴代の王族が眠る場所——そう、墓地だ。

墓地には力で押し入る事は出来ない。この国の王様が持つある物が必要だから、出来れば友好的にいきたいんだけど……

アクリスはどう思う？　アクリス？

話しかけてもじっとしたまま動かないアクリス。

寝ちゃったのかな？　暫く見ていたけど反応が無い。と思ったら、ゆっくりと目を開けた。

【主　ここでも魔法を使って　黒い魂は消したと言っていたな】

そうだよ？　僕が眠りに就く前だから、あれから半年近く経つけど。

僕からしたら、つい昨日のような感覚なのにね。

【それにしては　多いな】

ん？　何が多いのさ。

【黒い魂がだ】

え？　そうなの？

でも僕、「選定しろ」って魔法を使ったし、光は確かにこの国全土に降ったよ。

【だとしたら　その選定の魔法の判定を緩くしたのだろうな　まだ完全に駄目になった訳ではない黒い魂が残されている】

【表層意識じゃなくて　潜在意識が強かったのかもね】

なあにそれ。

アクリスが言いたい事は理解出来た。ようは、僕は完全に真っ黒な魂しか消さなかったから、これから黒く変化しそうな魂は結構残っているよって事でしょ。

でもカルキノスの指摘は、言葉が難しくて分からなかった。

【主は黒い魂も救いたがっているから　無意識にまだ間に合う魂を残しちゃったって事だよー】

あ、なるほどね。

あの時の僕にそんな事が出来たのかは不明だけど、アクリスが残っているって言うのならそうなのかもしれない。

【それが良い方に向けば良かったのだが　どうやら　悪意を持った人間と　これはエルフ族だなそやつらが今この部屋に向かってきているぞ】

「え⁉　数は？」

アクリスが感知しているのなら、間違いでは無いだろう。

〈人間が三　エルフ族が五だ〉

僕が立ち上がったものだから、残っていた魔法師と騎士が反応した。

すかさず僕が状況を伝える。

「敵っぽいです。全員で八名」

「ジールフィア様達の居ないこの時にっ！」

騎士がぼやきながら配置につく。一人は付き人さん達を守るように、残りの二人は扉の両側へ。

すぐに四人の魔法師達が魔法を展開する。

僕は相手にエルフ族が居るから、精霊魔法を警戒する。

「魔法は様子見で防御優先、精霊魔法だったら僕が対応します」

騎士がいつでも剣を抜けるよう構え、魔法師達が頷く。

聖獣達には魔法も物理的な攻撃も効かないので、大人しくしているよう念話した。アクリスが念話でカウントし始めたので、もうすぐだと皆に視線で合図を送る。

部屋の中が、一気に緊迫した雰囲気になる。

そんな中、カルキノスだけはうとうとし始めた。

――バンッ！

扉が大きな音を立てて開く。

花のような香りが漂い、僕はすぐにそれを消す。眠りの効果がある精霊魔法だ。精霊魔法だから、本当はかなり強力なのだろうね。僕には関係無いけど。

人影が部屋の中に差し掛かった瞬間、魔法の発動を感じた。

「なんだっ⁉」

「うわ！」

「どうなっている！」

部屋に入って来る人達が、次々結界の中に閉じ込められていく。結界って、そんな使い方もあるんだなぁと、その光景を眺めた。

たった四人で、八人を閉じ込める結界を作れるもんなんだね。知らなかったよ。

二人の騎士が侵入者達を跪《ひざまず》かせ、剣を向けたまま問いかける。

「この部屋に何用《なによう》ですか？」

騎士の鋭い視線に、冷汗をかきながら答える侵入者。

「わ、私達はただ、聖獣が居ると聞いて、ただただ、その姿を――」

「確認して、居たらそのまま聖獣を捕らえようとしたって？」

僕が言葉を遮りその先を話すと、侵入者達はぎょっとした表情になった。

「いえ！　いいえ！　そんな事は！」

僕はエルフ族の側に居る精霊さんが見えるので、目でそれを追う。精霊の存在を感じ取れるエルフ族が、それに気が付いた。

「そんな……馬鹿な」

僕が精霊を見る事が出来ると分かったエルフ族達は、こちらをじっと観察する。念話で呼び戻しているのだろうけど、精霊さん達は皆僕の方へ来た。

「駄目駄目。精霊さんってね、お喋りなんだから。ほら、聖獣を捕らえて自分達だけで加護《かご》を独占したーいって？　こんな感じでね、さっきからずっとお喋りしちゃっているんだよ」

それに……と敢えて教えてあげた。

「僕の子達に手が出せると思ったの？　君達じゃ触る事すら出来ないよ。聖獣が許可した人しか、触れないんだよね」

〈そうですね　ちなみに　どんな攻撃も効かないですよ　ほっほっほ〉

〈触れる以前にお前らなど　我がパーンしたら存在が消えるわ〉

だから、パーンは禁止！

彼等は呆然と聖獣を見ている。

「あ、精霊魔法も効かないよ？　眠りの魔法を部屋の中に入れたみたいだけど、すぐに消しちゃった」

残念でした！　って両手をぱっと開いて微笑んだら、エルフ族達が青ざめていた。

魔法師達が拘束魔法で侵入者達を捕らえていく。不満があるのか、彼らは文句を言い出した。

「部屋に入っただけではないか！」

「何もしていないのにこのような仕打ちとは！」

まぁまぁ、皆よくそんな事言えるよね。この部屋に聖獣が居る事は、限られた人しか知らないはずだよ。

アクリスがニヤリと腹黒い笑みをした。

〈お前達は馬鹿だな　主が折角生かしてやったのに　こんな事を仕出かすとは〉

〈そうですね　主様の慈悲を無下《むげ》にするとは　大馬鹿者達でしょう〉

侵入者達は何を言われているのか理解していない。

僕は二匹にシーッと、その先を話さないようにジェスチャーする。

まぁ、でも……言う事を聞かないのがアクリスだよね。

〈半年前大量に人間が死んだだろう？　あれはそこに居る主が行ったのだ　あの時生き残れたのにな〉

「「！」」

僕を見ながら、侵入者達全員が息を呑む。カタカタと震えている人も居る。

僕がにっこりと微笑むと、誰かが終わったと呟いて静かになった。

「気休めになるか分からないけど、僕らはサルエロ王国を良くしようと思って今回来たんだ。きっと、この先は今よりも良くなるはずだよ。だから、もうこんな事をしちゃ、駄目」

うなだれているから聞こえているのか分からないけど。

そもそも聖獣は世界を管理するのが役目で、人に与える加護的なものは無いから、最初から目的が達成される事は無かったのだが。

しかしほんと、ここの人達は奪えばいいって考えが根強いね！

そんな教育でも受けているのかと思っちゃうよ。

騎士と魔法師達が尋問を行いたいと言うので、隣の部屋に一人一人行ってもらう事にする。

残っている人は暇そうだから、気になっていた事を聞いてみた。

「エルフ族の人達は、どうしてここに居るのかな？」

「？」

「テステニア王国の領土内に、エルフ族の集落があるって聞いたのだけど」

「我々は、集落を出た者達だ。町に住み、もっと便利な生活がしたい。テステニア王国は約束を守らない、おかしな所だ。他の国へ行くのは当然だろう」

「それ、今はもう約束がちゃんと履行《りこう》されているはずだよ。君達、あの時に出て行ったんでしょ。その後、ずっと戻っていないんだね？」

あの時、と言うのはテステニア王国でエルフ族の迫害が起こった時の事だ。まだお爺様達が介入する前の話。

「それでは、町に住みたい同族はもう住んでいると？」

「うん。僕の家庭教師だった人が、教皇様の教育係みたいなのになっていたから、確実な情報だよ」

「そう、だったのか……」

テステニア王国の前司教のエティエンヌは、エルフ族を虐殺したらしいから、確かにあそこに戻りたいとは思わないだろう。それでも、あれから何年経っていると思う？　いかにこの国が閉鎖的なのかが分かる。

あの時にこの国に逃げてきて、それからずっとここに居たのだろう。他国の情報が入ってこない、閉鎖されたこの国に。

いくら精霊と繋がっていても、結界があるから外の事は分からないんだ。

ほんと、ここの結界はいい事が何一つない。早く、どうにかしないと。

外を遮断する結界を張らなくても良くなったら、聖獣達に別の結界をお願いしよう。国を守る結界は、あっていいものだしね。

尋問を受けた人達は、サルエロ王国の人へ引き渡されるようだ。最後に残ったエルフ族達は皆、先程居た人達に強力な精霊魔法を当てにされ、共に行動するよう頼まれたらしい。

皆連行されてこれで一段落だと思い、ソファーで寝てしまったカルキノスの側に行こうとした瞬間に、爆発音が響いた。

どっかーんという大きな音がして、魔法師達が咄嗟に防御魔法を部屋に張った。

その反応の良さ、流石だなと感心する。

「あちゃー……今の、絶対お爺様達でしょ」

魔法師達の無言の頷きと、騎士達の楽しそうな笑い声。間違いないな。

アクリスが部屋を出ていこうとしたので、首の付け根をむんずと掴まえた。

〈我を　そう　掴むでない〉

ジタバタと小さな手足でもがくが、しっかりと掴んでいるので問題無い。

「これ以上問題を増やさないで欲しいんだよね」

〈……〉

しゅんっと大人しくなったアクリスは、ぷらーんと左右に揺れるだけになった。

そのままカルキノスの側に行き、ソファーの上にアクリスを置く。すぐに僕も座り、アクリスを膝に乗せて撫でる事にした。

〈向かわないのですか？〉

「行っても仕方無いでしょ。きっとルンルンで戻って来るよ」

お爺様が、ね。

スッキリしたのぅとか言いそうだもの。バンバン『威圧』も使っているだろうし。

ここは平和なのだから、気にしないでいよう。襲撃っぽいのはあったけど、大した事無かったし。至って平和だよ。うんうん。

〈あっちは楽しそうなのに　我は　我も〉

「パーン禁止だし、僕のそばから離れるのも禁止ー」

〈慈悲深い主ならば〉

「慈悲は無い」

紅茶を飲んでほっと一息つく。完全にむくれたアクリスは、不貞寝した。

ふと気付くと、付き人さん達が真っ青になっていた。

僕と視線が合いそうになると、さっと目を背けられてしまう。

あぁ、この世界の神と等しい聖獣をぞんざいに扱うから、何者なのだろう？　って感じかな。

僕が彼らを眷属にした経緯を知らないのだから、しょうがないか。説明しても結局は、じゃあ眷属にしてしまえる人間とは……ってなりそうだしね。アレ《称号》についても話す気は無いし。

そうこうしていると、遠くの方から軽快な足音が聞こえてきた。

その音はどんどん近づき、ついにこの部屋の入口の前で止まる。

「お爺様……」

スキップをしながらお爺様が部屋に入って来た。その瞬間、パチリと防御魔法が解除された。

ほんと、ここに居る魔法師は優秀だ。

「スッキリしたんじゃ〜」

「ジールフィア様、そんな子供のような行動は謹《つつし》んでくださいませ」

「ちょっとぉ、あたしにコレ押し付けないで〜」

ジェンティーレ先生が汚い物を掴むように運んできた人を見て、この部屋の中に居た付き人さん達は全員ぎょっとなった。

一人の付き人さんが声を上げる。

「ユズノハ様！」

「ぶほっ！　ゴホゴホ……」

聞こえてきた名前に、紅茶を吹き出しちゃったよ！　しかもむせた。

ユズノハって……思いっきり日本の人名っぽいやつ来た。

うん？　確か、あの勇者の中で、そんな名前で呼ばれていた人が居たような。

「仕方無いのですよ。全て、兄様が悪いのですから」

「あ、ローレンさん」

彼女はおずおずと、申し訳なさそうに部屋に入って来た。

僕の側に来ると、深々と頭を下げる。

「大変申し訳ございませんでした。此度《こたび》の、兄様の仕出かしは謝罪では済まないと思いますが、本当に、申し訳ございません」

「たとえ血の繋がりがあったとしても、ローレンさんが謝る事じゃないでしょ？　謝罪は本人にしてもらうよ」

僕はにっこりと微笑み、ジェンティーレ先生にゴミのように投げられた人を見る。

彼は僕と目が合うと口角を上げ、馬鹿にしたような表情になった。

「ガキの癖に、なまい」

「『沈黙』――ほんに、阿呆国王よのぅ。学べない者に明日は無いんじゃが」

お爺様が沈黙の魔法を使ってすぐに黙らせてしまった。

これじゃ謝罪も聞けない。まぁ、する気は無さそうだったけども。

お爺様は、国王ユズノハだっけ？　拘束魔法で縛られているその人を、足で踏んで床に押さえつけた。

「ええ事を教えてやろう。半年前、空から大量の光が降ってきたじゃろー？」

おやおやおや？　この流れは本日二度目の……

アクリスがひょっこりと起き上がった。そして、ワクワクしながらお爺様を見ている。

「あれ、そこにおるワシの孫が使った魔法じゃてな。さて、その光で、どのくらいの者がこの世を去ったかのぅ？」

「!?」

ぱっと僕を見たその目が嘘だろ？　って言っている。

こそっとローレンさんが「本当ですよ」「ソーマの目の前でその魔法使ったと聞いたです」とユズノハ様に伝えていた。ソーマっていうのは、ローレンさんのお世話係かな？

「それとな、聖獣様方は孫を主と呼んでおる。つまり、ワシの孫、最強なんじゃーい」

〈そうだぞ人間よ　我らの主は神にあ――〉

「ごっほん！」

〈――神より最強なのだ〉

アクリスが称号を話そうとしたので、咳払いで止めた。

念話で「言ったら呪うからね？」としっかり釘を刺す。

アクリスだけだよ、注意しているのに毎度それを言いかけるのは。

「神様より最強なはずないでしょ！」

アクリスの鼻先をデコピンするように指で弾く。物凄い衝撃があったのか、アクリスは両足で鼻を押さえた。

本当に痛かったようだ。

「あれ？　痛かった？　ごめんね」

涙を浮かべてじっとりとした目になるアクリス。

僕はごめんねと何度も謝った。

「ほれ、聖獣様も勝てないようじゃぞ。言葉には十分気を付けたほうが良い」

指を鳴らして、かけていた拘束魔法を解除するお爺様。足もどかしたので、ユズノハ様は起きる事が出来たようだ。ちなみに、腕はまだ縛られている。

起き上がるとそのまま、地面に額を付けた。

「申し訳ない事をした。謝罪する、です」

僕は小馬鹿にされただけだし、そんなに深く謝るような事だろうか？　会議が終わったのに来ないとかは、僕には関係無いし。

っていう困惑が僕の顔に出ていたのか、ローレンさんが困ったように話し出す。

「リーンオルゴット様、この国の貴族に聖獣様の情報を流し、捕縛の命令を出したのも兄様でした。会議はとっくに終わり、その内容も聖獣様を捕らえるためのものだったようです」

「なーんだ。そうだったのか。ま、それも別にどうでもいいけど、謝罪は一応受け取りますよ」

あのねぇ、と話を続ける。

「聖獣に加護みたいなものは無いし、そもそも、聖獣を捕まえるのは不可能だよ？　聖獣が認めている者しか触れないから。魔法も物理攻撃も効かないし……って、これ今日何度目かなー」

〈よく調べもしない　愚か者の行動ですね〉

【我がパーンす……】

イピリアに罵倒されてショックを受けるかと思ったら、ユズノハ様は聖獣が話した事に感動しているみたい。

アクリスも乗っかろうとしたけど、鼻がまだ痛むらしく、せめて念話で言おうとするも諦めた。

また不貞腐れてしまったか……

ユズノハ様は興奮して語り出す。

「我が王国には、聖獣の詳しい情報が書かれた資料は無い、です。聖獣はもう居ないと教わってい
る、です。歴史書にはむしろ、敵のような存在だったとあった、です」

「うーん、とね……後で時間がある時に、真実をローレンさんから聞くといいよ」

「こいつに？」

ローレンさんを睨みつける姿を見て、改めて思う。本当に間違いを犯してきたんだと。

僕だけじゃ禁書は開けられなかったし、きっと今後もローレンさんの力はこの国に必要なのに。

「あー、うんとね。ローレンさんの存在、大切にした方がいいよ？　この世界を救えるかどうかは、
ローレンさん次第だから」

「は!?　まさか、ただ人の溜めた闇を祓う力があるだけなのに、です」

「その力の使い道はそうではないし。うーん、今話す事じゃないから、それは後ね。僕の要件
は……あのね、この城の地下に王族のお墓があるよね？」

「何故、それを……まさか、こいつ！　機密事項を――」

「ストーップ！　ローレンさんから聞いた訳じゃないの。僕には、分かるんだ。そういう力があ

るって言えば分かるかな？」

そう伝えると、彼は少し考え込んでからゆっくり大きく頷いた。

「そこに問題があるから、そこへ入りたいの。入るのに必要だよね？　君の血が」

「！　そこまで知っているのか……」

語尾に「です」が来なくてちょっと待ってしまったが、特に続きは無かった。ずっと取って付けたかのような「です」が気になっていたんだよね。

「ただの王族じゃなくて、現国王の血にしか反応しないんでしょ」

「そうだ。分かった、地下に入る許可を出そう、です」

ここで「です」が来るのー！

さっきは忘れていたの？　ね、どうなの？　とても気になるよ。

むずむずするなぁ、もう！「です」なんてつけなくてもいいんだけど、その事を伝えそびれてしまったので今更言えないし。

地下に入る許可も貰えたし、後は崩壊が始まっているという〝果て〟も気になるけど……穢れの元凶をどうにかしてからだなぁ。

「ひとまず、先にお食事にしてはいかがでしょう！」

両手をパンと叩く音と、ローレンさんの明るい声が響く。

全員が落ち着いたところで、国王ユズノハ様の拘束が全て解かれた。

暫くは縛られていた手首を擦ったりしていたけど、傷が無いので不思議そうな顔になった。

ジェンティーレ先生が「傷なんて付くはず無いでしょ！」と魔法と物理的な紐の違いを説明している。魔法で拘束されるなんて経験をするような人じゃないもんね。立場的には拘束する側でしょ。

全員で食事をする部屋に移動するので、僕は寝ているカルキノスを抱っこする。

肩にイピリアで、アクリスは……

キョロキョロとアクリスを探していると、お爺様の背中に引っ付いていた。

いつの間に？　本人ならぬ本獣《ほんじゅう》が楽しそうだから、いっか。

ユズノハ様は、物欲しそうな顔で聖獣を眺めている。

「そう言えば、聖獣が悪いって言い伝えられているのに、どうして捕らえようと思ったの？」

普通、害そうと思うよね？　お前のせいだー的なやつ。

「聖獣が悪いと思っていても、それは居ないからの話だ。誰でも、実際に居るのを見たら、国のために使おうと思うだろう。民が、少しでもいい暮らしが出来ればと……」

最後の方は小さな声でハッキリ聞こえなかった。

「使おう」と言われてちょっと頬が引きつったけど、民を思う気持ちがあるって事は、やっぱり生き残っただけはあるんだね。

お爺様達の用意が終わったので、皆でお食事タイムにレッツゴーだ！

食事をする部屋に着くまで、僕は彼ら兄妹からサルエロ王国の事を聞いた。

ユズノハという名前は、代々国王になる者に受け継がれている。国王のみがユズノハを名乗れるって事か。

コウキ・ユズノハが初代国王で、例の問題のある勇者の一人だ。

それから時代が下り、前王はリースウェン・ユズノハ、八十七歳だったらしい。その子孫はほぼ全滅で、ローレンさんを除いて唯一生き残ったのが、今僕達と一緒に居る現国王コーラン・ユズノハ様。前王の四番目の孫にあたる。

まだ二十歳で、宰相さんがほぼ国政を行っているとか。

その宰相さんは、ガノス・ストレイナさん、三十六歳。前王の時に国政に携わっていた人らしいけど、この人もまた、重臣の中では唯一生き残った人なんだって。

今回の聖獣拉致《らち》会議で、たった一人反対したらしくて、今牢屋に居るとか。彼を牢屋に入れたってくだりで、ユズノハ様はお爺様の拳骨を後頭部に食らってた……

すぐに出すと言っていたので、大丈夫だろう。

「ねね、お爺様。ユズノハ様は国王様なのに、どうして護衛が一人も居ないの？」

「ワシが捕まえに行った時に、全滅させたからじゃが？」

「……うん、そっかー」

それが何か？　って表情されると、もう何も言えないよね！

ジェンティーレ先生が「ジールフィア様は手加減していたから、気絶したくらいよ」って言い添えてくれる。

……誰も止めなかったんだろうなぁ。

ユズノハ様の恨みのこもった視線には、気が付かなかった事にしよう。

そんな話をしていると、どうやら到着したようだ。大きな扉を開けて部屋に入ると、中央にあるテーブルに目が行った。

「うわー！　広い！　大きい！」

「ふふん。ここは、前国王様が家族全員で食事が出来るようにと作られた、特別な部屋なのだ、です」

木で出来た茶色の大きなテーブルに、椅子も装飾があって素敵だ。床がこの部屋だけ石っぽいのも何だか新鮮。

ここが特別な部屋だと話すユズノハ様は、どうだと言わんばかりの表情だ。

全員が席に着いた……といっても、騎士と魔法師が僕達と一緒に食事をする事は無い。僕らが食べる間は壁沿いに立ち、警備に当たる。時間をずらして、各々食事を取るのだ。

アルペスピア王国側はお爺様とロダンさん、ジェンティーレ先生と僕が座っている。聖獣達は僕の傍に居る。食事時だというのに、珍しくカルキノスに起きる気配は無い。

ローレンさんが付き人さん達に指示を出して、食事が運ばれてくる。

ちょっと心配になり、運ばれてくる料理を鑑定する事にした。この国、ちょーっと信用に欠けるというか……ね、念のために。

案の定、毒が入っていた。でも、毒が入っているのは……

こういう事に詳しいのって誰だろう？　聖獣達には効かないし、気にする事が無いから分からないだろう。

ジェンティーレ先生に小声で「ユズノハ様の食事に毒が」と伝える。

僕達ではなく、ユズノハ様のに入っているんだよね。どうして自分達の王様を毒殺しようとするのか、意味が分からない。

ジェンティーレ先生は、何処まで阿呆なのかしら？　と小声で返した後、声を張った。

「国王ユズノハ様のお食事に毒が入っているようですけど、まさか、その毒の混入があたし達の仕《し》業《わざ》だとか……言ってきたりしないわよねぇ？」

「！」

ユズノハ様は驚いた様子でジェンティーレ先生を見る。

僕は先生の言葉の意味が分からず、聞いてみた。

「それって、どういう事なんですか？」

「共に食事をしている時に、ユズノハ様だけが毒で倒れるとします。そうなると、同じ食事を食べたのに何ともない私達は怪しまれますね。何故平気なのか、毒だと知っていたから食べなかったのでは？　などの様々な憶測が飛び交い、捕まるかもしれません。それによって、互いの国に様々な影響が出たりします」

と、先生ではなくロダンさんが、死んだ魚の目になって教えてくれた。

僕達が殺害を謀ったように見せかけるつもりだったのか。自作自演だと見抜かれないように、本当に毒まで食べて。しかも、鑑定結果を見るとかなり強力なものだ。死んだら元も子も無いから治療法は用意してあるんだろうけど、手が込んでいる。

「兄様……あれだけ沢山の土産品も頂いたのに、恩を仇《あだ》で返すとは」

ローレンさんは呆れた目でユズノハ様を見る。

ぎりっと歯軋りをして妹を睨むユズノハ様。その顔が真っ赤なので、恥をかかされたって感じなのだろう。

「私がそのような事をするはずないだろうが！」

「じゃあ、毒殺したいくらいに恨まれているって事だね？　ここの人達から」

僕は食事を運んできた人達を微笑みながら見る。運ばれていた食事が床に落ち、がっしゃーんと音が響く。

皿を落とした男性は、真っ青になってガタガタと震えた。

「そのような者が居るはずがないだろ！」

大声で怒鳴り、席を立つユズノハ様。

お爺様の眼光が鋭くなる。

「アルペスピア王国の間者《かんじゃ》が居るに違いない！　私にこのような事をして、ただで済むと……」

うん。お爺様に睨まれて、最後まで言えなかったみたいだね。立ったまま固まってしまった。

「阿呆過ぎて、いっそ消した方がこの国のためになるのじゃないかとさえ、思えてくるのぅ」

「そうですね。同感です」

物騒な言葉が聞こえたけど！

珍しく、ロダンさんも同意してるし。

「では、我が王国の者が毒を入れたとして、ユズノハ様を毒殺する目的はなんでしょうか？」

「それは、あれだろう。王国の乗っ取りとか、眠れる財宝が目的であろうな」

「必要無いですね。我が王国はここよりも豊かですから」

「そんな事は無いだろう。ずっと豊かでいられる国などない」

ニヤリと口角を上げるロダンさん。

「ありますよ。我が王国はクレイモル王国ととても友好的な関係を築いていますし、ここのところ、ずっと国の貯《たくわ》えが増えていく一方で――」

「その秘訣《ひけつ》は!?　どのような政策でそこまで豊かになれるのだ？」

「「……」」

確かにロダンさんの話し方は嫌らしかったけど、そこで釣られたら駄目じゃんか。王としてあるまじき態度だ。

ローレンさんもそんな兄が恥ずかしかったのか、両手で顔を隠してしまった。

本当の阿呆はああいうのを言うのよね～、と僕の隣からのほほんとした雰囲気が漂う。

本人も失言に気が付いたのか、じわじわと顔が赤らんでいく。

「もうそれ食べても平気だよ。とっくに解毒《げどく》しちゃったから」

「はぁ⁉　嘘を言うな！　この毒は我が王国で一番解毒に時間が……」

どうしよう、もうここまでくると、ちょっと笑っちゃう。

僕が笑いを堪えていると、隣の先生は既に口元を押さえて耐えていた。

「兄様、もう本当に、これ以上余計な事をしないでくださいまし」

ユズノハ様は怒りと羞恥《しゅうち》でプルプルしちゃってて、まともに話が出来なそうだ。

「お前は、そうやって、俺を、馬鹿にするのか！」

僕は気にせず目の前にある料理を食べる。僕につられてか、皆も食べ始めた。

味付けはシンプルで、ジャガイモが入っている食感がする。

ユズノハ様は座ったけど、食べるのを躊躇《ためら》っているようだ。

「本当に解毒してあるから、大丈夫ですよ？」

〈我が主に　不可能は無い〉

「……」

アクリス、多分そういう事じゃないと思うんだけど。

大丈夫と言っても、頑なに食事を口にしないユズノハ様。

もう放っておこうと思ったんだけど、アクリスがニヤニヤしながらテーブルの上をちょろちょろと移動する。

〈食べないのか？　解毒したと主が言ったのだから　食べてみてはどうだ？〉

僕にはアクリスが、意地悪をしているようにしか見えない。ほらほら食べろと脅しているようなんだもの。

皆静かに食べているけど、視線はユズノハ様に向いている。

そろそろアクリスを止めよう、と思ったところで予想外の声が上がった。

〈主　僕にもちょうだい？〉

「カルキノス！」

眠っていたはずのカルキノスが食べたいと、つぶらな瞳で見上げてきた。僕がきゅんきゅんしながら食べさせると、頬がムニムニ動いて可愛い。

カルキノスに現《うつつ》を抜かす間も、アクリスの脅迫じみた言葉が聞こえる。

〈食べないのか　それとも　食べられないのか　毒が入っているものを食べる予定だったのだろう？　ならば　食べられないって事は無いよな〉

相当な脅しだと思うんだけど、本人はちょっとした悪戯気分だから性質《たち》が悪い。

ユズノハ様からしたら、かなり怖い脅迫だろうね。

〈主を信じられないのか？　我ら聖獣の主だぞ〉

とうとう僕を脅しに使い始めたので、黙っている訳にいかなくなった。

「アークーリースー？」

〈はいっ〉

アクリスは僕に怒られたくないのか、そそくさと戻って来た。

もっもと食べているカルキノスをじっと見て、僕とは視線を合わせようとしない。

いつもそうやって逃げるんだから。まったくもう。

「食べたくないのなら、食べなくていいんですよ。アクリスの言った事は気にしないでくださいね」

「……」

「食べられんのなら、食べんでええ。食べられんのだから……のぅ？」

今度はお爺様が、目を三日月みたいにしたわざとらしい笑みで煽り出す。

「お爺様も、意地悪しないの！」

折角アクリスを止めたのに、今度はお爺様まで！　頬をぷくっと膨らませても、駄目なものは駄目！　それに可愛くないし。

お爺様の子供っぽい行動にロダンさんも呆れてるよ。

「食べればいいんだろ！　ふんっ」

するど、ユズノハ様はようやくガツガツと食べ始めた。お爺様に言われたのが効いたようだ。

はじめは勢いで食べていたけど、首を傾げて「あれ？　大丈夫だ」って感じになり、黙々と食べ続けた。

ユズノハ様が相当な駄目人間だと既に分かっているからか、皆彼の行動を温かい眼差しで見守っている。

馬鹿な子程可愛いというのは、何処も同じなのかもしれない……

その後は何事もなく食事を終え、いよいよ問題の地下墓地へ向かう事になった。

一時の息抜きは終わり、ついに深い闇が待つ空間へ足を踏み出す。

僕にずっと纏わりついている不快感、いよいよその元凶と相対する時が来たようだ。

神に愛された子
1
原作：鈴木カタル
漫画：氷野広真
異世界転生した先は
もふもふ聖獣を従わせる
奇跡の少年！
コミックス大好評発売中！
善人が異世界転生したら国王の孫に!?
しかもその身体は眉目秀麗で絶大な魔力を持つ
チート性能な美少年だった！
神の特徴とされる白髪と青い目
そして「神に愛された子」という謎の称号——。
世界から愛されまくりの
まったり救世ファンタジー第1巻！
神に愛された子
氷野広真
鈴木カタル
異世界転生した先は
もふもふ聖獣を従わせる
奇跡の少年！
聖なる少年のまったり救世ファンタジー!!
B6判／定価：本体680円＋税／
ISBN 978-4-434-27201-1
Webにて好評連載中！
アルファポリス 漫画
検索

Saijyaku no necromancer wo tsuihoushita yusyatachi ha nandomo soseishite moratteitakoto wo mada shiranai
最弱のネクロマンサーを追放した勇者たちは、何度も蘇生してもらっていたことをまだ知らない
玖遠紅音
KUON AKANE
勇者は役立たずなので俺が世界を救います!?
……あいつら覚えてないけどね!
Webで大人気!
勇者パーティから追放されたネクロマンサーのレイル。戦闘能力が低く、肝心の蘇生魔法も、誰も死なないため使う機会がなかったのだ。ところが実際は、勇者たちは戦闘中に何度も死亡しており、直前の記憶を失う代償付きで、レイルに蘇生してもらっていた。死者を操り敵を圧倒する戦闘スタイルこそが、レイルの真骨頂だったのである。懐かしい故郷の村に戻ったレイルだったが、突如、人類の敵である魔族の少女が出現。さらに最強のモンスター・ドラゴンの襲撃を受けたことで、新たな冒険に旅立つことになる——!
最弱のネクロマンサーを追放した勇者たちは、何度も蘇生してもらっていたことをまだ知らない
玖遠紅音
KUON AKANE
勇者は役立たずなので俺が世界を救います!?
死者を強化して操るレア能力が大活躍——!
……あいつら覚えてないけどね!
Webで話題! ナマイキ勇者パーティを見返す旅に出よう!
アルファポリス
◉定価:本体1200円+税
◉ISBN 978-4-434-28004-7
◉Illustration:ハル犬

この作品に対する皆様のご意見・ご感想をお待ちしております。
おハガキ・お手紙は以下の宛先にお送りください。

【宛先】
〒150-6008 東京都渋谷区恵比寿 4-20-3 恵比寿ｶﾞｰﾃﾞﾝﾌﾟﾚｲｽﾀﾜｰ 8F
（株）アルファポリス　書籍感想係

メールフォームでのご意見・ご感想は右のＱＲコードから、
あるいは以下のワードで検索をかけてください。

アルファポリス　書籍の感想　検索

ご感想はこちらから

本書は、「アルファポリス」（https://www.alphapolis.co.jp/）に掲載されていたものを、
加筆・改稿のうえ書籍化したものです。

神《かみ》に愛《あい》された子 5

鈴木カタル（すずきかたる）

2020年 11月 30日初版発行

編集ー矢澤達也・宮坂剛
編集長ー太田鉄平
発行者ー梶本雄介
発行所ー株式会社アルファポリス
〒150-6008 東京都渋谷区恵比寿4-20-3 恵比寿ｶﾞｰﾃﾞﾝﾌﾟﾚｲｽﾀﾜｰ8F
TEL 03-6277-1601（営業）　03-6277-1602（編集）
URL https://www.alphapolis.co.jp/
発売元ー株式会社星雲社（共同出版社・流通責任出版社）
〒112-0005東京都文京区水道1-3-30
TEL 03-3868-3275
装丁・本文イラストーたく
装丁デザインーAFTERGLOW
印刷ー図書印刷株式会社

価格はカバーに表示されてあります。
落丁乱丁の場合はアルファポリスまでご連絡ください。
送料は小社負担でお取り替えします。

ISBN978-4-434-27620-0 C0093